NEUROSIS MIAMI

NEUROSIS MIAMI

Gastón Virkel

www.suburbanoediciones.com | @suburbanocom

A Mr. T

"Esto es un tango...
and also financial advice."

–Izzy Moreno
Miami Vice
S5, Episodio 22 "Too Much, Too Late"

"Descubrimos (en la alta noche
ese descubrimiento es inevitable)
que los espejos tienen algo monstruoso".

–Jorge Luis Borges
Tlön, Uqbar, Orbis Tertius

"Just tell the truth,
and they'll accuse you
of writing black humor."

–Charles Willeford

"Life doesn't imitate art,
it imitates bad television."

–Woody Allen
Husbands and wives (1992)

Mirror Image

Placa negra, letras blancas: contaré la historia de un impostor que se mudó a una ciudad decadente, una playa frívola y violenta que se reinventó imitando a una serie de televisión de los ochenta. Reader discretion advised.

Me llamo Boris Finkelstein, la ciudad en cuestión es Miami, la serie de los ochenta hace referencia a *Miami Vice*. Listo. Se acabó el misterio. No quería contar esta historia con ese tono. Tampoco con el de una redención. Hubo un intento de reinventarme porque Miami invita a jugar con el deseo. Si lo logré o fracasé, no estoy seguro. Habrá que llegar a la última página para saberlo. Mi opinión personal:

esta historia se acerca más a una metamorfosis kafkiana. Un día me levanté después de un sueño intranquilo y me había convertido en algo mostruoso.

Dos noches antes del viaje organicé una fiesta de despedida en un boliche de la zona de Recoleta. A unas cuadras de la casa que perteneció a Jorge Luis Borges, el padre de mi patria literaria. Fue muy emotiva, muchos amigos pasaron a saludarme, y hasta disfruté el rol de centro de la fiesta. Lo que me persiguió de aquella noche tiene que ver con una morocha de ojos azules y curvas no tan sutiles. No del tipo anoréxica porteña sino de circunferencias casi caribeñas, un guiño al futuro inmediato. No exagero si afirmo una de las mujeres más llamativas que se han dignado a elegirme. Mientras hablaba con los invitados y los ponía al tanto de los detalles de mi mudanza, sin mucha expectativa fui forjando una charla seductora, y fui correspondido. A ver: yo suelo decir —mitad en broma y mitad en broma que esconde la verdad— que en el despertar sexual me quedé dormido. Debuté tarde, mis conquistas me costaban más de la cuenta. La relación más duradera alcanzó raspando los dos años y con muchas idas y vueltas. Tal vez, ser tan pálido y pelirrojo en un país como Argentina no ayude. Llamamos demasiado la atención; si no se respalda con personalidad, pasamos a ocupar rápidamente el rol de freak, de outsider o chivo expiatorio. Algunos se tocan el huevo izquierdo para desactivar la "mala suerte" de cruzarse con un colorado. Quiero decir que si después de veintiséis años de remar contra la corriente, la chica más linda del mundo te llega dos días antes de dejar el país, parece un cuestionamiento. Para un storyteller que piensa en progresiones dramáticas, una mala señal. Te estás marchando pero —arriesgo—: no necesitás cruzar el mundo para alcanzar tus sueños. Acá tenés todo lo que necesitás. El amor está a la vuelta de la esquina. Simple, cursi, devastador.

Si uno elige el simulacro en el que vive. Entonces, ¿qué

simulacro prefiere un escritor wannabe que siente que no le ha pasado nada relevante en la vida? ¿Qué hace una persona insegura que cuenta con la única certeza de que lo que vivió no ha valido mucho la pena? Iimita. Imita a los que sí han toreado algún que otro fantasma. La imitación es un acto reflejo, un mecanismo de defensa que aparece cuando te das cuenta de que las adversidades que has enfrentado son brisitas insignificantes que, en el mejor de los casos, sufren el bullying de los verdaderos obstáculos de una historia.

¿Qué hacés, entonces? Imitás. Como Miami imitó a *Miami Vice*. Imitás hasta que algo pase. Hasta que aparezca algún evento que valga la pena contar. Confieso que me hubiera gustado imitar a Bukowski y encarnar a un maldito diez minutos. Hubiera dado todo por parecerme a las migajas de Fogwill. De Arlt. Baudelaire. Algún beatnik. Diego Rivera. Bob Marley. Freud. Woody Allen. Bioy. Scorsese. Manchevski. Eso: me hubiera gustado encarnar a Milcho Manchevski para estrenar *Antes de la lluvia* en un Buenos

Aires noventoso, exhuberante, y saber que en ese cine de la calle Corrientes se abriría un círculo en la cabeza de un joven porteño que saldría de aquella sala con el plan de convertirse en el simulacro argentino de Milcho Manchevski.

Pero uno imita lo que le sale. Y para 2001, no me salía ninguno de estos. Argentina detonó a finales de ese año pero yo ya me encontraba lejos. No porque lo hubiera anticipado. Sino porque en mi destino siempre figuró migrar. Y se me había dado. Íntimamente tenía el morbo de empezar de cero. Reinventarme lejos. Elegir un simulacro y serle fiel en un lugar donde nadie conociera al Boris original.

En mayo de ese año embarqué en un vuelo de *American Airlines* rumbo a Miami, un destino que tenía fecha de caducidad. Solo un puerto de entrada a la reinvención. Después seguiría New York, Los Ángeles, Europa, imposible saberlo. Me senté en una ventanilla de un vuelo repleto de turistas, negadores acérrimos de un país que se iba a pique. Entre ellos, un chico que no paraba de mirarme. Me pasa seguido. Nos pasa a todos los pelirrojos. ¿Cambiaría esto? ¿Los colorados seremos menos freaks en el mundo anglosajón? Yo representaba la pura incertidumbre que contrastaba con las excitaciones pre *Disney*, pre Shopping Mall de aquella horda insoportable.

Uno elige el simulacro en el que vive. Y en aquel mayo de 2001, yo podía elegir el mío. Cuando el avión tomó velocidad crucero y recliné el asiento, mientras leía *Pierre Menard, autor del Quijote* de Borges y trataba de aislarme de la ebullición ajena, puse en marcha ese simulacro. Me sabía un impostor. Y tenía delante la oportunidad perfecta.

Buddies

Los primeros días en mi nueva ciudad fueron raros, como los de cualquiera que se muda. Raros y frustrantes. Aún no tenía rutinas en pie pero tampoco me dedicaba a hacer turismo. Atravesaba una etapa de reconocimiento, de construcción de las primeras costumbres, de encontrar espacios de confort. En aquel momento solo deseaba descubrir el bar donde me recibieran con un "Hola, Boris, ¿lo de siempre?".

Llegué en la madrugada de mi primer día de trabajo. Me hospedó Juan, mi único amigo en Miami, a quien conocí en una agencia de publicidad de Buenos Aires. Un par de semanas más tarde, ya resultaba evidente que la convivencia entre los dos compañeros de oficina se había tornado ríspida. Pero eso no era lo único que me preocupaba. Trataba de hablar inglés y me respondían en español. A mi jefe anterior le había rogado que no buscara retenerme, que desde siempre había deseado vivir fuera de Argentina. Pero me daba cuenta de que a mi primer grupo de pertenencia lo componían cuatro porteños y un peruano que adoraba Argentina. El calor me sofocaba. El aire acondicionado me resfriaba. Miami, la última ciudad en el mundo que hubiera elegido para radicarme, confirmaba uno a uno todos mis prejuicios. Mi madre no lograba esconder su tristeza. Y no me podía quitar a la morocha de la cabeza.

Para darle un poco de aire y privacidad a mi anfitrión, cuando salía de la oficina me iba a deambular por South Beach. Frecuentaba un cyber café en Washington y la quince con la excusa de chequear e-mails. Ocupaba un escritorio lleno de papeles y acceso a internet cada jornada laboral. Así y todo, me las arreglaba para tener la urgencia de loguearme a deshoras. No lo tenía tan claro pero el e-mail (más que el teléfono) resultaba el último lazo a mi vida anterior. Un Undo. Regresar por un tiempo, no mucho porque los cybers cobraban por minuto.

Una noche de aquellas, en la cornisa de la desesperación, me crucé con Sammy.

—Cuando nos conocimos, güey —me confesó mucho más tarde—, tú hablabas y yo dizque acomodaba tu speech en mi vida como un *Tetris*. Vi tu futuro y el mío unidos en un guion. Yo ya sabía que iba a proponértelo. Y sabía que aceptarías. ¡La primera vez que nos vimos! Carnal, ¿Do you believe in Destiny?

—I believe in casualties. —Por su rostro me di cuenta de que si no volvía urgente al español, mataba el clima de la conversación—. Creo en la casualidad. Esta vida es una secuencia de momentos absurdos unidos de pura casualidad.

Sammy se encontraba en ese cyber por la única razón de que salía a caminar para paliar sus terribles migrañas.

¿Cuántas casualidades se dieron para que tuviera lugar ese primer encuentro? Yo chequeaba el e-mail. Me encontraba respondiendo a un amigo que halagaba mi fiesta despedida. Pulsé el send y luego un doble click en el archivo adjunto. Sonreí al ver esa imagen otra vez.

—*Miami Vice.* —Oí a mis espaldas.

El tipo en sus fifties —barba tupida entrecana, ponytail ochentoso, camisa rosa, bermudas cargo, *Birkenstocks* con medias, y un café humeante—, señalaba mi pantalla. La situación resultaba tremendamente invasiva pero yo no me sentía en condiciones de rechazar conversación alguna.

—I know them —agregó.

Miré la pantalla una vez más. El doble click había expandido la invitación a mi despedida en Buenos Aires. Había retocado una foto de Sonny Crockett y Ricardo Tubbs —los icónicos personajes de la serie— junto a la *Ferrari* Testarrosa en un atardecer hiperpastel de la bahía de Biscayne. Miré al tipo y a la pantalla una vez más, cotejando si era posible que hubiese pasado por alto la magia del *Photoshop*. Una Gotham Bold tamaño 14 titulaba "Me voy a Miami" y el rostro de Sonny había sido reemplazado por el mío. Argentina está muy lejos y nos gusta simplificar las cosas. Llamamos a todos los españoles "gallegos". A los italianos, "tanos". Los mexicanos hablan como *El Chavo del 8* y Miami era *División Miami*.

—In Argentina they called it *División Miami* —comenté como para desatar mi inglés, ponerlo en práctica, empezar el largo desafío de la conquista de otra lengua.

—¿Neta? —En español mexicano, aunque entonces no pudiera reconocer acentos—. No tenía idea. Yo era "el psicólogo".

—¿El psicólogo? Mirá vos, yo soy "casi" psicólogo. Pero ya no creo que termine la carrera.

Acercó una silla.

—No mames, ¿y por qué?

Me parecía obvio mencionar que la mudanza corta de cuajo cuestiones inacabadas.

—A mí también se me cortó la carrera —continuó para enfrentar mi silencio—; pude ser el psicólogo pero el destino lo impidió.

—¿Destino? —contraataqué—. Creo que tenemos vela en este entierro.

Yo quería plantearle únicamente que tenemos posibilidad ("vela") de elegir nuestro destino ("entierro"), luchar por él aunque más no sea. Pero el tipo, con un gesto mínimo, me respondió "¿Qué pedo? ¿De qué estas hablando?". Con el tiempo descubrí que la frase es bien utilizada en México, y hasta me la crucé en *El llano en llamas*. Pero él no lo sabía. Yo, mucho menos. En esa época me habituaba a aprender inglés tanto como reaprender español. "Tener vela en este entierro" significaba lo que significaba... en Argentina. Debía descubrir si lo mismo sucedía en los otros veintitantos países. Poner un pie en la capital de Latinoamérica adhiere múltiples capas a la comunicación más simple. Geográficas, culturales, discursivas.

—¿Cómo conociste a los de *División Miami*?

El intruso tomó un largo sorbo del café y asintió mucho antes de empezar el relato que cambiaría mi vida para siempre.

—Yo era el psicólogo —humedeció sus labios, adiviné la pretensión de hablar largo y tendido—. En la primera versión del script del piloto, mi personaje participaba en nueve escenas.

Su mirada perdió foco. Bebió otro ruidoso y lento sorbo del café —que ya no humeaba— y sus recuerdos se adueñaron del momento. Dejé que se tomara su tiempo, que recorriera la secuencia de los hechos porque yo quería saber cada detalle.

—¿Sabes quién es Michael Mann?

—¿Executive Producer Michael Mann?

—Órale. Michael decía que se trataba de un personaje clave —repasaba sin mirarme—, que de seguro crecería.

—¿Y qué pasó?

—Pues... destiny. El papel se fue achicando durante la reescritura y desapareció en la edición final. Michael es un pinche genio pero muy caótico. La historia sufría cambios sobre la marcha. En la última versión del piloto, la que aprobó *NBC*, el psicólogo ya no estaba.

—Fucking *NBC* —murmuré mitad para solidarizarme y mitad para ensayar el uso del "fucking".

—No, güey, no es su culpa. ¿Conoces la leyenda del origen de *Miami Vice*?

—¿Leyenda?

—Sí, leyenda. *Miami Vice* cambió el destino de este pantano y el de la televisión. Es un ícono de los eighties.

—No conozco la "leyenda".

El comentario llevaba algo de burla pero me hundí en la silla como para echar raíces.

—Ya. La "leyenda" cuenta que un alto ejecutivo de NBC le extendió un memo en un trozo de papel a un escritor para que desarrollara un nuevo show.

Hablaba en un tono misterioso, con ojos desorbitados.

—Ese memo tenía solo dos palabras y un concepto visionario: *"MTV* Cops".

Love at First Sight

Son hermosos ruidos que salen de las tiendas, atraviesan a las gentes y les mueven los pies. Baterías marchantes, guitarras afiladas, voces escépticas que cantan de política.

No te asustes: es mejor que te boten. Hoy ya no has llegado a tu trabajo. No atiendas el mensaje, atiende los golpes. Decimos lo que sabes pero sabemos cómo hablar. Es como rock and roll, pura música basura, un poco transformada para que suene igual. Pintamos el mono pero nos da lo mismo. Plagiando y copiando como todos los demás.

Elvis... sacúdete en tu cripta.

We are South American rockers. Nous sommes rockers sudamericaines.

El primer día de octubre de 1993, *MTV* inaugura su aire para toda Latinoamérica con el video clip *We are Sudamerican Rockers*, de Los Prisioneros, una legendaria banda chilena. Casi ocho años más tarde, yo ingresaba al 1111 de Lincoln Road para ocupar el puesto de redactor —also known as copywriter—, del canal para "Latam". Me recibió mi amigo y roommate Juan, responsable de haberme incluido entre los trece candidatos entrevistados, y quién sabe si tuvo además algo que ver en que me eligieran. Aquella mañana, me presentó solo a quienes nos cruzábamos en el camino.

—Después vemos lo de heichar. —Eficiencia americana esa de llamar las cosas por un par de letras—. Ahora tenés reunión.

"¿Qué será eichar?". Si era importante ya me enteraría.

Aparentemente las directivas habían sido claras: a los leones sin escalas. Quince minutos después de haber pisado el edificio, a unas horas de haber aterrizado, sin conocer mi oficina, sin compu, sin haber sido presentado al equipo de On Air, me lanzaron al meeting semanal de Programación, la arena donde varios departamentos se ponen al tanto acerca de lo que ofrecerá la grilla del canal. En todas las compañías americanas trabajando para Latinoamérica hay una regla clara: si hay una sola persona que no habla español, la conversación tiene lugar en inglés. Aunque el canal sea en español, aunque el tema de debate sea "las ideas para el especial del fin de semana largo del Día de los Muertos en México", si hay alguien que no habla español, se habla English.

Esa primera reunión fue horrible. No entendí nada de lo que ahí se discutió. Fueron los peores cuarenta y cinco minutos de mi vida. Hay dos momentos del reconocimiento de una palabra en otro idioma. Estoy inventando, seamos claros; no estoy citando ni la *Wikipedia*. Pero pienso: hay un primer momento de reconocimiento, de darse cuenta de qué sonidos se están emitiendo. El segundo sería adjudicarle un sentido. Lo que en semiótica llaman significante y significado.

Por ejemplo: soccer y sucker. A mí todo me sonaba igual. Primer paso, reconocer que oímos el significante de "soccer". Segundo paso, adjudicarle el significado "fútbol". En aquella oportunidad hubiera dado cualquier cosa por tener solo dos opciones al sentido de cada sonido. La verdad es que no llegué nunca a cumplir el primer paso. Nunca pude distinguir los sonidos que salían de esas bocas.

Por mi cabeza pasaban desde la idea de volverme esa misma noche hasta presentarme en el laboratorio de idiomas de Buenos Aires a reclamar los siete años de matrículas y cuotas mensuales a cambio de las —inútiles— lecciones de inglés.

Cuando salí del espantoso meeting de Programación tocó hacer la recorrida formal: Recursos Humanos (heichar resultó ser Aitch ar, hache erre), me reuní con el director creativo —quien me había contratado, en definitiva, tan chileno como Los Prisioneros—, conocí al equipo, me llevaron a la oficina y me presentaron a mi coequiper: una *Power Mac G4*. Fue amor a primera vista. Nunca había tenido una Tower tan poderosa. Honestamente, un copywriter puede hacer carrera con el *Microsoft Word*. No hace falta mucho más.

Pero en *MTV* reinaban los directores de arte, los que generaban el look del canal. Mi job description consistía en bajar a tierra el ácido lisérgico que me traían, condensarlo en un mensaje que pudiera comprenderse. "Un bebé vomita hierros que forman una Torre Eiffel de donde se cuelga King Kong para tratar de alcanzar los aviones que en realidad no son aviones sino mariposas con cara de Justin Timberlake. Ahí te quedan siete segundos de closing para vender el Weekend de Britney Spears". Y escribo esto para explicar que la *Mac* de la que me enamoré a primera vista era una sobreviviente de incontables orgías visuales, y llegó a mí desechada sin contemplaciones por algún director de arte. Una veterana de guerra. Me había enamorado de una prostituta desdentada con post traumatic stress disorders.

Convengamos también que no llegué a la mejor época de *MTV* Latinoamérica. En los primeros años no se miraba mucho el rating, tenían claro que se debía invertir en consolidar la marca y el equipo creativo vivía en el cielo. Presupuestos que invitaban al derroche, mucha libertad. Cuando aterricé, el período de gracia ya era historia. Los ratings significaban todo, ventas pisaba fuerte, empezaban a aparecer los primeros briefs, Britney reemplazaba a Radiohead. Music Television se convertía en Music and something else Television. Había una tensión interna entre lo que daba rating y lo que consolidaba la marca (el gran capital de *MTV*). Por suerte, por peso específico de mi jefe chileno, las directivas tardaron varios años en llegar al quinto piso donde funcionaba el departamento creativo. Para un copywriter seguía siendo uno de los mejores simulacros de trabajo.

De ese primer día recuerdo otro hecho relevante. Por recomendación de mi amigo, pedí hacerme cargo del presupuesto de relocation. Generalmente, cuando una compañía contrata a alguien que viene de otra ciudad, existe un dinero que se utiliza para hoteles, transporte y comidas mientras el nuevo trabajador se instala. Gracias a que Juan me hospedó en su casa por varias semanas, se liberaron todos esos dólares. En aquella reunión con heichar, me junté con un cheque de tres ceros. Nunca en mi vida había tenido un poder de compra como ese. Con aquel botín, abrí mi primera cuenta en el *Suntrust Bank*. Y además de rentar mi primer apartamento en South Beach, conocí New York. Compré *A history of the American People* de Paul Johnson, un libro que no pude terminar. Y me pagué un polvo con una morena que resultó ser dominicana. Esa vez sí llegué al final.

INT. CLUB HOY COMO AYER - NOCHE

El club está repleto de gente bailando al ritmo de
SPAM ALL STARS, una banda local. Un vaquerito (26
años, latino, botas texanas rojizas, camisa con
bordados) se mueve en la pista. Se marcha. Avanza
por un pasillo lleno de posters y llega al baño.

HERO SHOT: Sonny Crockett (35, americano, rubio,
traje blanco suelto de lino, t-shirt celeste
pastel, calzado loafer navy) y Ricardo Tubbs (33,
afroamericano, traje azul de alta gama, camisa
rosada abierta hasta el tercer botón, cadena de
oro) caminan entre la gente —que les cede el paso—.
Avanzan en SLOW MOTION como lo que representan: los
protagonistas versión 2006 de la serie que cambió
la televisión y redefinió la ciudad de Miami.

Sonny, con solo una mirada, indica a Rico la
dirección hacia la que se dirigió el sujeto.

INT. RESTROOM CLUB HOY COMO AYER — A CONTINUACIÓN

Ya en el interior de los baños, el vaquerito busca
el mingitorio más alejado de la puerta y comienza
a orinar. Un cliente sale de los baños y se dirige
hacia la bacha a lavarse las manos. Crockett (que
en su rol de policía encubierto usará el nombre de
Sonny Burnett) lo intimida con su mirada. El hombre
mira a Tubbs que refuerza la amenaza. El cliente se
marcha, asustado.

Sonny se adelanta y orina en el mingitorio junto al
vaquerito.

> **SONNY CROCKETT**
> (mirando la pared, con buen
> español, leve acento gringo)
> Quiubo, vaquero. Se dice
> que estás haciendo muchas
> preguntas. Recién llegado y
> tratando de vender tu ganado
> en Miami. Tough job, pal.

El vaquerito termina, se sube el cierre del pantalón.
Se marcha.

> **VAQUERITO**
> (nervioso, con acento
> mexicano norteño)
> *No sé de qué me habla.*
> *Lo mío es el arte.*

El vaquerito se lava las manos, Sonny hace lo propio
en la bacha a su lado. Dialogan a través del espejo.

> **SONNY CROCKETT**
> *Me llamo Sonny Burnett,*
> *él es Rico Cooper. Y nos*
> *gusta darle oportunidades*
> *a los recién llegados.*

Sonny repara en sus manos.

Plano detalle: manos sucias de pintor

> **SONNY CROCKETT (CONT'D)**
> *Podríamos tener un sample de*
> *tu ganado and who knows, maybe*
> *cumplir tu sueño americano.*

El vaquerito sacude sus manos y se encamina hacia
el dispenser de toallas de papel.

Plano detalle: Rico le pone una business card en el
bolsillo de la camisa

> **RICO TUBBS**
> *Think about it.*

Le extiende una toallita y el mexicano se marcha.

EXT. MAC ARTHUR CAUSEWAY - HORAS DESPUÉS - NOCHE

Mientras oímos la intro de "Chop suey" por System
of a Down, la Ferrari 360 Spider negra de Sonny
Crockett avanza por el carril central de la
autopista a velocidad crucero. Llega a un exit con
un embotellamiento brutal.

> **SONNY CROCKETT**
> *¿Otra vez? ¿Qué pasa*
> *con esta ciudad?*

> **RICO TUBBS**
> *Es el Art Week, bro.*
> *Relax. Disfruta el nuevo*
> *Miami. Arte incomprensible*
> *y embotellamientos.*

Rico ríe con su estilo ruidoso. Sonny lo mira,
sonríe también y se resigna al tránsito a paso de
hombre. Suena el Blackberry de Rico.

                    RICO TUBBS
              (mirando el caller ID,
              ~~revoleando los ojos~~*)*
          ¿Castillo? No puede ser.

Lo deja sonar una vez más y atiende.

                RICO TUBBS (CONT'D)
            Rico speaking... a-há,
            entendido. En camino.
              (termina la comunicación,
               y a Sonny:)
            A Wynwood!

Rico señala en dirección "al oeste" con una mueca
de frustración. Sonny, contrariado, tira un cambio.
La Ferrari acelera, cambia de carril y, en una
maniobra imprudente, avanza a toda velocidad por
la banquina.

EXT. WYNWOOD - A CONTINUACIÓN

Llegan a una zona algo desolada de Wynwood. Entre
el Fashion District de la 5ta y la autopista I-95. La
policía ha acordonado un área frente a un warehouse
despintado, rústico.

Un oficial de policía levanta la típica faja amarilla
con la inscripción "Crime scene - do not cross"
para que pasen Sonny y Rico.

INT. WAREHOUSE - A CONTINUACIÓN

Se trata de un típico atelier de artista. Muy austero. Amoblamiento del Salvation Army, viejo, rejuntado. No combina.

Rico se adelanta. Un investigador (en sus 40, hispano, campera azul CSI), sale a su encuentro.

> INVESTIGADOR
> *¡Rico!*

> RICO TUBBS
> *Hey, buddy. ¿Cómo estás?*

> INVESTIGADOR
> *Perdónenme por molestarlos.*

> RICO TUBBS
> *No problem, man. Nuestras
> horas extras están empezando
> a tener horas extras.*

El investigador sonríe y le extiende una evidencia.

Plano detalle: bolsita tipo Ziplock rotulada "EVIDENCE #28" con una de sus fake business cards.

> INVESTIGADOR
> *¿Lo conocen?*

Les señala hacia un rincón del lugar. Detrás de un desvencijado sofá, asoman las piernas de un cadáver.

Plano detalle: el cuerpo luce las botas rojizas del vaquerito.

Sonny y Rico se miran. Crockett apenas puede contener su furia.

CRÉDITOS DE APERTURA

EXT. JEFATURA DE POLICÍA - AL DÍA SIGUIENTE

Establishing shot de la estación de policía en South Beach.

INT. JEFATURA DE POLICÍA - A CONTINUACIÓN

En una sala de reuniones, se encuentra todo el equipo versión 2006: Rico, Sonny, Gina, Trudy, Stan y el nuevo psicólogo del equipo, el doctor Fridman. El teniente Castillo (50, chicano, bigote prolijo, traje oscuro ajado, corbata negra muy delgada, mocasines negros lustrados), en silencio, oye, pero nunca se mueve de un rincón desde donde observa la dinámica de su equipo y piensa con la cabeza gacha.

En el pizarrón, Gina (ítalo-cubana, 28, morocha, labios rojos, escote sugerente) comienza a construir la típica red de relaciones interpersonales de la víctima a partir de su foto en el centro.

> **GINA**
> (acento inglés perfecto,
> español cubano perfecto,
> switch orgánico)
> *José María Casares Ocampo*
> *a.k.a Chema Casares. 26 años,*
> *de Sinaloa, México. Vivía en*
> *la ciudad desde hacía once*
> *meses. Estatus legal: VISA 01.*

                    RICO TUBBS
          Déjame adivinar: habilidades
          extraordinarias en el
          campo del arte.

                    GINA
          Correcto. Estamos hablando
          de un pintor relativamente
          exitoso. No los típicos
          ladrones de oxígeno con los
          que solemos encontrarnos.

                    SONNY CROCKETT
               (sumándose a la conversación)
          Tal vez. Tal vez no. Estuvo
          haciendo demasiado ruido
          últimamente. Parece como
          si los cárteles mexicanos
          quisieran dar el próximo paso.

El doctor Fridman (psicólogo mexicano, 58, tupida
barba blanca, ponytail ochentoso, traje ivory) muestra
un gesto de contrariedad. Gina lee un informe.

                    GINA
          Los forenses ubican el
          momento de su muerte entre
          la medianoche y las 3 a. m.
          Causa: disparo de arma de fuego
          calibre. 22 directo al corazón.
          Hallaron una considerable
          cantidad de pólvora, lo que
          sugiere que el disparo se hizo
          a una muy corta distancia.

Trudy (haitiana americana, 30, vestido de jean off the shoulder) juega con su bolígrafo.

> **TRUDY**
> *Pudo ser una ejecución.*

Stan (40, caucásico, panza de cerveza, barba de dos semanas, camisa hawaiana) se dirige a Castillo.

> **STAN**
> *El M.O. sugiere una ejecución.*
> *¿Qué piensa, teniente?*

Castillo, manos en los bolsillos, observa la punta de sus zapatos. Es una pausa tensa. Sonny y Rico se buscan con la mirada.

> **LT. CASTILLO**
> (aún mirando el piso)
> *Crockett, Tubbs: lleven*
> *al doctor Fridman a la*
> *escena del crimen. Veamos*
> *qué tiene para decir.*

El briefing se da por terminado. Todos recogen sus pertenencias y dejan la sala. Sonny se acerca al teniente.

> **SONNY CROCKETT**
> *¿Cómo se supone que este*
> *tipo va a ayudarnos? Es*
> *una "pistola oxidada".*

Castillo lentamente busca su mirada. Sonny la sostiene por unos segundos, tensos segundos. Y se marcha frustrado.

EXT. ESTACIÓN DE POLICÍA - A CONTINUACIÓN

En el parking lot del destacamento, Sonny y Rico
caminan hacia una Ferrari Spider, el doctor los
sigue detrás. Sufre el calor de Miami más que los
investigadores. Crockett abre el auto remotamente,
hace el gesto de dejar subir primero al psicólogo. Es
un auto de solo dos asientos. Rico observa la situación
incómodo. Sonny disfruta su pequeño bullying.

> **DR. FRIDMAN**
> (a Tubbs)
> *Rico, ¿me das un aventón?*

> **RICO TUBBS**
> *Seguro, doc.*

> **DR. FRIDMAN**
> (a Sonny)
> *¿Sabes, Sonny? A veces
> deberías dejar descansar a
> tu Alter Ego. Así tendrías
> permiso de ser tú otra vez.*

Sonny está descolocado. Lo mira desafiante ~~pero
algo se resquebrajó~~.

Little Prince

Descendí en el Aeropuerto Emilio Estefan de Miami con las valijas repletas de solo dos tipos de pertenencias: ropa y libros. En eso consiste mi receta para la adaptación: calzones favoritos y prosa envasada en origen.

Además del omnipresente Borges, tenía a medio terminar *El tilo* de César Aira que citaba a Ortega y Gasset ("el mundo se divide entre idiotas y monstruos") para concluir que, en esta vida, a lo sumo, podemos aspirar a monstruos. ¿Cómo impactaría Estados Unidos —pensaba ausente del allí y entonces— en mi camino a la monstruosidad? ¿Lo lograría?

—Buuuu —me asustaron.

Tardé un instante más en bajar del Aira. Lincoln Road

desbordaba de turistas en flip flops, fedoras playeros y pieles fucsias que presagiaban noches difíciles.

—Dime la verdad —un borrego de unos ocho años me zarandeaba de una manga entre risas—, ¿te sorpresé?

Busqué con la vista al padre del monstruo.

—¿Te sorpresé o no?

Sonó una bocina a mis espaldas. Sammy nos llamaba desde un auto —sí, "auto" en aquel entonces, antes de la contaminación del "carro" o el "coche"—: un convertible clásico.

—Whatever —dijo, y tomándome de la mano me llevó hacia el automóvil—. Have you ever... ¿viajaste alguna vez en un *Cadillac* DeVille?

—Jamás, ¿es peligroso?

El niño largó una carcajada.

—¿Algo que ver con Cruella de Vil? —Redoblé la apuesta.

—No, no es peligroso. —El mocoso me soltó de la mano y echó a correr hacia un *Cadillac* DeVille azul marino.

NEUROSIS MIAMI | Gastón Virkel

—Pus, qué onda, güey, —me recibió el psico—, qué no oías el claxon o qué.

—El idioto nunca andó en un *Cadillac*. —Me ubicó el niño en el mapa de la coolería rodante.

—Martin, no le digas idioto. Se dice idiota.

—Pero si es un guy.

—Sí, ya sé que no tiene lógica. Esto debes aprenderlo de memoria. Ya. Sin pensar. Todos, chicos y chicas, todos en este mundo somos idiotas.

—Idiotas o monstruos —corregí—, idiotas o monstruos.

NEUROSIS MIAMI | Gastón Virkel

Like a Hurricane

El *Cadillac* DeVille avanzaba por Lennox street al ritmo de sus amortiguadores fallidos. El viaje no fue largo. Tres cuadras y aquella enormidad sobre ruedas se detuvo en una casita humilde edificada en un terreno millonario, pleno corazón de South Beach.

—Este Miami Beach al que llegaste se forjó en base al aumento de taxes y presiones que expulsaron a la fauna típica de la zona, en su mayoría crackeros y viejos judíos —explicaba el psico con un dejo del guía turístico que algunos llevan dentro—. Sobrevivimos al progreso y los negocios inmobiliarios.

El niño se quitó el cinturón de seguridad, trepó la puerta,

hizo equilibrio en el borde un par de segundos y, mientras el padre rogaba que no saltara, saltó.

Martin gritaba que habíamos llegado. Tocó el timbre varias veces. Una silueta descorrió apenas una cortina, espió.

—Podía haber caminado —dije sin convicción—, no sabía que vivías tan cerca.

—Güey, cuando vives en la playa no hay muchas chances de usar el coche. —El descenso fue un calco al de su hijo, al de la acción que trató de impedir—. No hay para qué salir de aquí. La semana pasada llevamos a Martin al zoológico, como por Kendall, el límite de la civilización, vértice de los pantanos. Un error en una esquina y te conviertes en almuerzo de caimán. Hacía años que no pasaba de la sagüesera. ¿Sabes de qué me di cuenta? Saliendo de South Beach, todo es Kendall.

Tenía razón. Atravesé mis primeros tres años sin auto ni la remota noción de que "la sagüesera" se refería a una autopista del southwest. Usaba esporádicamente el *Cadillac*, solo como último recurso, con el registro de conducir argentino. Hasta que un policía me puso un warning y me ordenó obtener la driver's license de Florida. La razón del retraso en la motorización de mi sueño americano fue una pesadilla americana. Una vivencia traumática en el DMV, el Department of Motor Vehicles, la primera vez que intenté obtener la licencia de conducir. Obsesivo, había concertado mi cita días antes, con todos los deberes hechos. Diez de la mañana: aprobé el teórico de la pc en minutos y me dispuse a rendir el práctico de manejo. Recién a las tres de la tarde, una morena obesa con rizos blancos en los bigotes me llamó por mi nombre de pila (creyendo que se trataba de mi apellido). En beligerancia con la humanidad, me preguntó dónde se encontraba mi vehículo. Caminamos en silencio. Cuando se dio cuenta adónde nos subiríamos, su predisposición empeoró. Abrió la puerta y se dejó caer. Los amortiguadores protestaron. Tomó el cinturón de seguridad y lo estiró con saña, dos veces, llevándolo al tope para demostrarme que nunca cubriría toda su circunferencia. Sin mirarme descargó: "I hate DeVilles". Y se marchó refunfuñando que alguien vendría en su reemplazo. Eventually.

Horas más tarde llegó la empleada del mes que reprobó mi examen de manejo a la primera señal de STOP. Me hizo completar el circuito para recién ahí explicarme —por obligación, supongo— que había fracasado apenas comenzar el test: había practicado un "stop and roll" que consistía en frenar y dejar correr el vehículo en lugar de frenar, contar hasta diez, mirar a ambos lados —de un parking lot donde había visibilidad plena— y recién ahí soltar el pedal para que el auto-coche-carro avanzara con plena seguridad vial. Mis amigos me calmaron mediante la simple aclaración de que, en este país, el DMV funciona como un Departamento Muy Vengativo, donde los más radicalizados del colectivo afroamericano devuelven a la comunidad sus actitudes racistas. Años después, supe de una oficina de perfil latino camuflado detrás de un *Walmart* donde obtuve mi licencia sin mayores inconvenientes.

Se abrió la puerta.

—Mom, he is Boris, and this was the first time he rode a *Cadillac*.

Ella se arrodilló, se abrazaron. El niño salió corriendo y gritando como superhéroe. Ella se puso de pie y me extendió la mano.

Los argentinos tenemos la inmunda costumbre de saludarnos a los besos, con hombres, con mujeres, con desconocidos. Da igual. Fuera del ámbito profesional, fue aquella la primera vez que una mujer me extendía tan fría su mano. Pero cuando lo hizo, yo ya había —por instinto— comenzado el movimiento del beso en la mejilla. Me dio un beso helado y sin ruido. Casi con asco.

—Wilma, él es Boris, el de *MTV*.

Para ese entonces, aún no comprendía lo que *MTV* significaba. La verdad, acepté el trabajo y me mudé de país sin tener idea de la influencia cultural de la marca. El lugar al que varias generaciones acudieron para ver qué pasaba:

MTV catalizaba las manifestaciones de la cultura joven. Yo tenía una relación esporádica con la música, podía vivir por meses sin ella. Detestaba los videoclips que se basaban solo en un concepto estético, estrategia a la que apostaba la gran mayoría. En su momento, el storytelling de *Thriller* me había partido la cabeza: me parecía evidente que debía marcar el camino a seguir. Pero la industria llevaba décadas en desacuerdo. Mis amigos músicos me instruían con otro tipo de artistas como King Crimson, Miles Davis, The Doors, The Velvet Underground. Sumo, Patricio Rey y sus Redonditos de Ricota, Pescado Rabioso. Por todo esto, *MTV* no representó una gran influencia en mi vida. Pero la gente abría bien grandes los ojos cuando les decía dónde trabajaba. Había un atorrante que repartía su business card en los happy hours de los jueves en *Finnegans*, un bar irlandés a un par de cuadras de la oficina. Yo venía de trabajar en un canal en el que me pagaban por ver cine independiente. Así que todo esto lo vivía como un downgrade. Había llegado a un lugar con el que otros soñaban. ¿Cómo lo había logrado? Un impostor viviendo del simulacro *MTV*.

Wilma me invitó a pasar. No la imaginaba tan joven. Mucho más que mi amigo. Algo pálida en relación a lo que uno acostumbra encontrar en una ciudad con mar. Con pecas y un cabello strawberry blonde ensortijado, salvaje. Enfundada en un largo vestido setentoso, miraba desde unos ojos oscuros, duros pero con un brillo sereno. Creí ver un nudo, una fuerza indómita contenida por la soga de la certeza y de la paz que brinda el no depender de nadie. Una personalidad compleja pero transparente. Con algunos matices de la soledad.

—I know —bufó y me miró a los ojos—, me contó veinte veces de su amigo en *MTV*.

Luchaba con mi primera mochila *GAP* de una sola correa diagonal que se resistía a entregar el *Luigi Bosca*, un malbec pensado para quedar bien y no morir en el balance del banco. Él sugirió destaparlo durante la cena y apoyó dos caballitos junto a una botella que yo asumí de tequila. Pero ella gritó "Sammy" acentuando sus profundos ojos negros, le dijo que no fuera such an asshole, que abriera el vino. En ese momento reconfirmé lo bien que suenan las maldiciones en inglés.

Intercedí polite. Le dije a Wilma que no había problema en brindar con tequila. Sammy, ofendido, me aclaró que probaríamos *Oro de Oaxaca*, el mezcal que tomaba su padre. Y volvió a depositar ruidosamente los dos cristales dictaminando a la vez los espacios de la mesa que debíamos ocupar. Se sentó y los llenó con una pompa teatral.

Extendí el mío para brindar.

—El mezcal es una bebida ceremonial. No se brinda, se ofrenda.

Dejó caer unas gotas en la palma de sus manos y las frotó. Las acercó a su nariz e inhaló profundo.

—No le hagas caso —interpretó Wilma desde la cocina—, está en su papel de maestro místico mezcalero.

Me enseñó a tomarlo lento, von vivant, a besitos. Probé un pequeño sorbo y fue demasiado para mí. Tosí.

—No estoy acostumbrado.

—No seas mamón, de eso se trata. De hacer algo que no sea costumbre. Después del tercer beso se empiezan a percibir los tonos de sabor.

Wilma nos agasajó con un menú frugal, mínimo. Mi corta relación con la gastronomía americana sugería porciones infinitas, colesterol militante, simpleza de exportación. Me quedé con hambre. En un momento en que Wilma le cortaba la cena a su hijo, el escote reveló algo de más. Me pregunté si la estaba desnudando con la mirada. Martin comió obediente su plato y dejó los cubiertos alineados antes de ponerse a jugar con una réplica miniatura de la misma *Ferrari* de Rico y Boris de la invitación. El niño conducía imprudente entre la vajilla hasta que la madre le llamó la atención.

—Daddy, are you going to the man cave? I wanna go too.

Mientras el niño estacionaba la *Ferrari* junto a la cuchara, me pareció notar que se miraban, ella con furia creciente. Una situación tensa y subterránea que desató la inocencia de Martin y que yo no comprendía. Con la habilidad serena de una anfitriona curtida por veladas inmortales, Wilma cambió el clima en una caída de ojos. Cuando le pregunté de-dónde-era (pregunta automática en una ciudad con tanto inmigrante), reveló sus destrezas para el storytelling.

Según contó esa tarde noche, provenía de una familia afincada por generaciones en Seattle. Sus padres se habían conocido durante las manifestaciones de resistencia al reclutamiento para la guerra de Vietnam en la Universidad de Washington State. Él aún donaba cantidades siderales de dinero a los veteranos, arriesgó, por la culpa de haber estado en aquella época con la cabeza más en el amor que en la guerra. Años más tarde, se mudaron al DF, donde su padre fue invitado a impartir clases de Literatura Americana.

Su destreza para la conversación me recordaba a las películas americanas en las que los newyorkers se cuentan anécdotas vacías y sonríen mirando el reloj. Hasta que llega un Woody Allen que inserta una cuña filosófica o psicoanalítica que desmorona la farsa y da por terminada la velada. El niño me leyó la mente: interrumpió el relato de su madre cuando volcó el vaso de limonada que aterrizó, con maliciosa puntería, en mi entrepierna. Tenía una erección brutal. Wilma apremió a su hijo para que se despidiera, Sammy lo cargó en brazos y juntos lo acompañaron a su habitación.

Recorrí con la vista el living de aquel hogar, el primero de una familia "americana" al que tenía acceso y que podría comparar con uno de Buenos Aires. Algunas fotos familiares, varios cuadros de arte abstracto, un gran retrato del hijo. Una decoración ecléctica —diseñada a pura intuición en los anticuarios de Dania Beach—, unos pocos juguetes minados en un espacio luminoso que invitaba a quedarse. Una sensación distinta a la de los mínimos studios y one bedrooms de los condos art decó donde vivía la mayoría de los expatriados que hacíamos *MTV* y nuestras amistades satélites.

Mi exploración se vio interrumpida de pronto por una discusión. De esas que se susurran pero tienen un lenguaje corporal y una actitud de pelea de arrabal. En un principio supuse que aquella capoeira del murmullo se entonaba para no despabilar al niño. Pero la discordia se extendía. Presté más atención y me incomodó. Como en esas películas de guerra donde descifran el código del enemigo a partir de una palabra de lo más absurda, logré crackearles el habla cuando ella utilizó el "fucking". En algún lóbulo de mi cerebro despertó un Chomsky iluminado por esa diminuta certeza que desató un efecto dominó y ordenó el discurso, le otorgó sentido y una carga emocional.

—...you and your fucking darkness. Not again you fuck.

—This time is different.

—Why? Why should be different this time?

—I have a feeling. He doesn't drink. Much.

—You can turn that asshole in a drunk in a blink.

—I promise.

—Promise what?

—That, that... Chingaos, mujer. No me gusta esto en lo que me convertí.

—Lo prefiero alególatra y rey de la peda.

—Dame una chance más.

—Ahora tengo un hijo, cabrón. No puedo cuidarte a ti. Pon a este pendejo en speed dial y cuando llegues al fondo de tu puto agujero negro, lo llamás a él. Directito.

—No tiene celular.

Mientras escuchaba todo esto me preguntaba si no debía dejarlos solos. Me sentía paralizado. Encontré su colección de vinilos y me distendí. Lo creí una distracción suficiente para darles a entender que no había prestado atención.

Wilma regresó al living y se dirigió rabiosa hacia mí.

—¿Todo bien? —Con un disco de los Weather Report disimulé como un imbécil que no sabe disimular.

Arrebató su ipod y los auriculares que aguardaban junto al tocadiscos y que se le cayeron al suelo. Se quedó de pie, tomándose su tiempo. Respiró hondo, los rescató sin mirarme y se marchó. Sammy reapareció con paso torpe, tomó el mezcal, sirvió dos medidas. Hablamos de sus vinilos para evitar referirnos a la discusión.

Al rato, echó a andar hacia la parte trasera de la propiedad.

—Sígueme, quiero que conozcas mis headquarters.

Vertía el trago en los esquivos cristales. Atravesamos el jardín donde percibí el aroma inconfundible del jazmín. Pasé junto a una Wilma distinta, con su pelo recogido, un par de mechones rebeldes destacados por el penúltimo sol de la tarde, una gota tibia de sudor en un equilibrio que nunca perdería. Yo entendía que esa mujer me detestaba, pero desde aquella vez, nunca más volví a pensar en la morocha de mi fiesta de despedida.

The man cave resultó ser un garage al fondo de la propiedad, cubierto en su totalidad por un ficus de china que en mi casa solían llamar "Enamorada del muro", un recuerdo que me condujo a la certeza de que ambas, Wilma y la enamorada, se confesaban los miedos más ocultos y compartían las risas de sus redenciones ínfimas.

La puerta oxidada se resistió a la torpeza de Sammy. Una vez dentro, me sorprendí por un confort ridículo, un culto a la inacción. En el centro de la escena, una inmensa TV cuarenta y dos pulgadas. Estaba por ingresar en una máquina del tiempo. No soy fan del eterno retorno; me genera nostalgia en un principio y me deprime más tarde.

Sammy se dirigió hasta un armario de *Rooms to go*. Tomó los dos pequeñísimos picaportes y se aseguró que yo estuviese pendiente de la maniobra. Luego abrió ambas puertas con un movimiento veloz, como queriendo sorprender un intruso doméstico y esquivo. Entre las varias cajas que allí se apilaban, tomó la etiquetada "S1" y la acercó a su escritorio repleto de objetos inútiles.

—Este es mi agujero negro, season one. Anda, ayúdame, carnal.

—¿Tu qué?

Me puse de pie y casi de inmediato recibí el empellón de la caja en el estómago. La abracé por instinto y, mientras recuperaba el aire, contemplé por primera vez el vacío al que descendíamos como un asesino serial en abstinencia de sangre: allí estaban los veintidós VHS con la primera temporada de *Miami Vice*.

—¿Tu qué?

Sammy respiró hondo, tiró hacia arriba de su cinturón y barrió de dos brazadas todo lo que había sobre la superficie de su escritorio. Al suelo sin contemplaciones. Me contó que cuando Edward James Olmos llegó a mitad de la primera temporada impuso sus condiciones. La primera consitía en que solo él sería responsable de componer a Martin Castillo. Entró al set de la oficina de su personaje, caviló unos instantes y exigió que le quitaran absolutamente todo de su escritorio. El teniente debía ser una persona austera, liviana de equipajes.

Recién ahí tuvo Sammy la delicadeza de liberarme de las cintas. Las dejó sobre su despacho, y tomó la primera. Sopló para quitar el polvo de varios años de olvido.

—El piloto: *Brother's keepers* —dijo emocionado—, cinco millones de dólares de budget. El más caro de la época.

Y la introdujo en la videocasetera.

—Martin, tu hijo Martin, ¿se llama así por Castillo?

—*Miami Vice* cambió la historia de esta pinche ciudad...

—Pobre pibe.

—... de la televisión, de mucha gente.

Sammy luchaba cuerpo a cuerpo con el control remoto para lograr que la VHS emergiera desde las tinieblas y se impusiera a las otras fuentes que requerían la atención del cuarenta y dos pulgadas.

—No le caí muy bien a tu mujer, ¿no?

Me miró un instante, no es eso, dijo, no es tu culpa. Me

sirvió otro trago, yo no podía seguirle el ritmo. Me explicó que Wilma era sabia para muchas cosas y que cuando te chingaba con algo así por lo general tenía razón. Entre otras cosas, Wilma tiene el don de leer a la gente; "como una psicóloga", precisó con malicia. Y aquella vez le advirtió a Sammy que se estaba metiendo de nuevo en su agujero negro y que me arrastraría a mí.

—¿Qué es eso del agujero negro?

—Pinches escritores. Les dices que su vida se está por desmadrar y en lugar de echar a correr quieren saber el plot que los va a llevar a la chingada.

Fue la mejor definición de escritor que jamás haya oído. Deseaba con toda el alma serle fiel a esa estirpe, pero en aquel entonces, solo había escrito algunos relatos y para ser sincero, bastante adolescentes y cínicos. Yo no contaba con la disciplina que se necesitaba. O la voluntad. Por eso intentaba cuentos y trabajaba en televisión.

—No soy escritor. Tal vez algún día.

NEUROSIS MIAMI | Gastón Virkel

—No mames, ¿escribes? Pues ya eres escritor. Veo que tú también tienes tu agujero negro. Bien, porque de eso se nutre toda la literatura.

Carraspeó y se puso de pie. Como levitando en un trance fatídico, dirigió sus brazos hacia mí, extendiendo las palmas. Me brindó el tiempo para que mi pisquis hiciera la sinapsis irrevocable de la revelación que cambiaría nuestras vidas y a la que él ya había arribado. Pero yo andaba muy lento aquella tarde noche.

—¿Qué?

—¿No lo ves, güey? —susurró mientras me zarandeaba en slow motion—, tú vas a nutrirte de mi agujero negro.

Rompí su despertar espiritual con una risita imbécil.

—Suena perverso.

—¡Ya me estás albureando, cabrón! Buen comienzo. Pero óyeme bien: tenemos que escribir el spec script donde el pinche psicólogo se los chinga a todos. ¿Qué dices?

—¿Qué mierda es un spec script?

—Speculative script. Como si fuera un episodio real de la serie. Así es como los guionistas prueban que pueden ser parte de un equipo autoral.

Lo miré fijo un buen rato como si esperara una señal o una revelación. Pero no la necesitaba. Me hubiera sumado a cualquier excusa que me permitiera regresar a esa casa. Club de lectura, un puzzle de un millón de piezas, pest control. Cualquiera.

—Dale: I'm in. Chinguémonos a todos desde el diván.

One Way Ticket

Nos reuníamos los viernes a la noche, momento psicomágico, porque se trataba del horario del estreno de los nuevos episodios de la serie durante los ochenta.

Teníamos escenas sueltas, tratamientos, estructuras, perfiles de personajes pero el guion no avanzaba mucho que digamos. La pasábamos realmente bien en esa cueva, no nos quemaba la urgencia. Qué pasaría si completábamos la tarea, ¿seguiría acudiendo los viernes? ¿Podría visitarlos de todos modos? ¿Visitarla?

Así se esfumaron un par de años sin que ni Sammy ni yo tratáramos de remediarlo. En mi caso, se encaminaba a convertirse en una más de la larga serie de fracasos y emprendimientos abandonados a medio camino. Como la carrera de psicología, guitarra, el taller literario, la driver's license, el viaje a San Francisco. A Sammy se lo notaba más irascible, tenía menos paciencia con el hijo, las migrañas lo desencajaban y varias borracheras doblegaron su férrea resistencia mexicana.

Hasta que Wilma dijo basta.

En una de esas galas de viernes, Martin me abrió la puerta de calle y me acompañó hasta la cueva, como si yo no conociera el camino. En el jardín me enteré que Wilma practicaba Aikido, según Sammy hacía un chingo de años. Eso sí, agregó, cuando ella busca ayuda oriental es porque todo está de la verga. Tenía todo el sentido del mundo.

Asistíamos al epsiodio diecinueve de la primera temporada por cuarta o quinta vez. Cuando la insoportable novia de Stanley se muda con él. Lo primero que hace es colgar un cuadro de Lady Diana Spencer. Crockett increpa al de la limpieza: "Pepe, you're hitting my bourbon bottle again?", y Pepe: "No, nunca más, señor Crockett".

NEUROSIS MIAMI | Gastón Virkel

—¡Bourbon! —Sammy se marchó del garage-guarida rumbo al living de su casa donde almacenaban el alcohol.

A esta altura de nuestra manía, a Izzy Moreno —interpretado por un fenomenal Martin Ferrero—, le otorgábamos la categoría de gema entre nuestros personajes favoritos. El soplón-latino-comic-relief que irrumpía todo el tiempo como fuente inagotable de sentido que se esparcía sobre nuestras charlas de filosofía barata y legados hispanos.

Detuve la cinta para compartir el momento cuando mi amigo regresara de su excursión etílica. Volvió al rato con una botella de *Los danzantes* y con Wilma. Dejé correr el VHS. Izzy resistía el apriete de los detectives Zito y Stanley: "We hispanics don't know the meaning of danger but we're very familiar with the word 'compensation'".

Sammy jugaba nervioso con la botella de mezcal, buscaba los caballitos.

—¿Y el bourbon?

—¿Güey, qué bourbon?

Sirvió tres medidas, tomamos en silencio. Comencé a saborear el mezcal. De a besitos, como me había enseñado. Ya nos habíamos hecho amigos y hasta lo prefería al tequila. Dejé caer unas gotas en las palmas de mis manos, las froté. Traté de encontrarle los tonos al sabor. Pero todavía no lo lograba.

Stanley, que había roto con su novia, descolgaba el cuadrito de Lady Diana Princesa de Gales. So long, soccer.

Wilma presumía de algo que no podía descifrar. La paz de siempre pero con un rigor contenido. Tal vez haya sido el efecto de *Los danzantes* porque cuando se cansó del silencio nos puso a bailar.

—¿Cómo viene el guion?

Tartamudeamos a dúo y ella se destapó. Se nos reía en la cara y con razón.

—¿Cuándo piensan terminarlo?

Sabía que no teníamos respuesta, solo nos estaba humillando de a besitos, como con el mezcal.

—Yo les voy a decir cuándo. —De uno de los bolsillos de su larga solera, tomó una hoja arrancada del *Miami Herald* y la desplegó—. ¿Qué piensan?

Michael Mann planeaba la película de *Miami Vice*. Tenía fechas para las grabaciones y una probable de estreno.

—Cuando Michael deje Miami, yo quemo uno por uno todos estos pinches VHS.

Apuró los restos de su mezcal, dejó ruidosamente el caballito boca abajo y se marchó.

Pero para que Wilma llegara a explorar ese límite pasaron muchas otras cosas.

INT. WAREHOUSE DE CHEMA - UN RATO MÁS TARDE

El Dr. Fridman, Tubbs y Crockett lucen guantes
celestes de látex. Exploran el atelier.

El psicólogo observa las obras del vaquerito: es
un arte figurativo con escenas de frontera pero el
canvas fue reemplazado por cuero de vaca.

> DR. FRIDMAN
> *Qué interesante. Parece...*
> *el espacio de un artista,*
> *¿qué piensan?*

> SONNY CROCKETT
> *Cierto, pero también creo*
> *que un poco de extra cash le*
> *hubiera venido bien. ¿Quién*
> *compraría esta porquería?*

> DR. FRIDMAN
> *¡Yo!*

Rico encuentra los libros de la saga de Hoke Moseley,
escritos por Charles Willeford. Vemos la tapa de
"Miami Blues". El Dr. se acerca. Sonny ve todo desde
lejos, con un dejo de celos.

> RICO TUBS
> Hey, doc. ¿Lo conoce?

> DR. FRIDMAN
> ¿Willeford? Por supuesto. Es
> uno de los creadores de la
> novela policial de Miami.

DR. FRIDMAN (CONT'D)
Hoke Moseley, el detective,
haría ver a nuestro
amigo Crockett como un
personaje de telenovela.

Rico se ríe exageradamente mirando a Crockett
mientras guarda los libros en una bolsa de evidencia.

SONNY CROCKETT
(a Fridman)
*Usted debería dejar a
los policías de verdad
hacer su trabajo.*

DR. FRIDMAN
*Solo trato de ayudar.
¿Por qué le resulta tan
difícil de entender?*

Sonny se acerca y se ubica frente a frente.

SONNY CROCKETT
No creo en la psicología.

DR. FRIDMAN
*Y, ¿en qué cree usted,
Mr. Crockett?*

Suena el celular de Sonny. Él atiende furioso, sin
dejar de mirar a los ojos al psicólogo.

SONNY CROCKETT
Crockett... Hola Trudy... a-ha...

Crockett activa el speaker de su Blackberry.

TRUDY
(on speaker)
Había dos números en el
speed dial de la víctima. En
el número 1, una reconocida
curadora de arte y en el
número 2, adivina quién.

INT. GALERÍA DE ARTE EN WYNWOOD - UN RATO MÁS TARDE

Izzy Moreno (cubano, 47, bigotito hiperfino, lentes estilo Woody Allen) tiene además un look extravagante: skinny pants, zapatos de charol sin medias, t-shirt negra translúcida, saco algo ajustado. Un asistente (24, colombiano) apoya un cuadro sobre la pared. Hay música de meditación.

IZZY MORENO
Cinco inches arriba, parce,
y damos en el blanco. O en
la tubería, ya veremos.

Se oye el ruido de la puerta.

SONNY CROCKETT
(en off)
Tiene que ser una broma.

Izzy gira el cuerpo en dirección a Sonny, Rico y el psicólogo.

IZZY MORENO
Caballeros, la apertura es
en 3 horas. Sé que están
ansiosos por adquirir el arte
más refinado del art week...

RICO TUBBS
¿Y de qué se trata este nuevo Izzy? ¿Fine art? ¿En serio?

IZZY MORENO
Bueno, tal vez no sea fine art, fine art. Yo lo describo como "fine art para el living room".

SONNY CROCKETT
¿Por qué eres siempre tan turbio?

IZZY MORENO
C'mon Crockett: nuestra increíble ciudad se reinventa cada 15 años. Esta vez, yo también quiero ser parte. No cualquiera es un acaudalado coleccionista de arte pero seguramente son muchos los que tienen una pared para colgar un cuadro y presumirlo mientras descorchan un Merlot de treinta dólares.

Rico ríe a lo Rico.

DR. FRIDMAN
(interrumpiendo)
Guys...

IZZY MORENO
Y ¿quién es este caballero tan distinguido?

DR. FRIDMAN
Soy el doctor Fridman.

SONNY CROCKETT
(despectivo)
Es el psicólogo del equipo.

IZZY MORENO
(haciendo el gesto de
que ambos están locos)
*Pobre hombre. Permítame
opinar: usted tiene una
tarea imposible, my friend.
But you can die en el intento.*

DR. FRIDMAN
*Hablando de morir en
el intento...*

Crockett le muestra una fotografía.

Plano detalle: cadáver de Chema Casares en su estudio.

SONNY CROCKETT
¿Lo conocías?

IZZY MORENO
~~Fuck!~~ *I... I... I can't...*

SONNY CROCKETT
Izzy: respira.

Plano detalle: foto del vaquerito en la morgue.

IZZY MORENO
(en shock)
You can not be serious.

RICO TUBBS
Izzy, ¿de dónde lo conocías?

IZZY MORENO
¿Qué le pasó a Chema?

Izzy los mira, impresionado por la novedad, en shock.
Ellos le dan su tiempo.

IZZY MORENO
(señalando las pinturas
a su alrededor)
*Él pintó todo esto. Es
un artista increíble.*

SONNY CROCKETT
*¿Sabes si tenía lazos con
los cárteles mexicanos?*

IZZY MORENO
*What? ¡No! El odiaba toda esa
porquería. Él es de Sinaloa.
Estaba asqueado de...*

RICO TUBBS
¿Necesitaba dinero extra?

Izzy piensa.

IZZY MORENO
*Well, como artista vendía bien.
Iba a exponer su trabajo en*

IZZY MORENO (CONT'D)
el *Convention Center durante
el art week. He did this for
fun*, para ayudarme. Él,
él, él amaba mi concepto
del *"fine art for the living
room"*, no lo necesitaba, no.
Vendió 5 cuadros el mes pasado
a una galería francesa de...
*¿Marsella? ¿O era Montpellier?
Él, él he he he is a good guy.*

Rico y Sonny se miran.

EXT. ESTACIÓN DE POLICÍA - UN RATO MÁS TARDE
Establishing shot de la jefatura.

INT. ESTACIÓN DE POLICÍA - OFICINA DEL TENIENTE
CASTILLO - A CONTINUACIÓN

Sonny, Rico y el Dr. Fridman conversan con Castillo,
sentado en su escritorio, casi sin moverse.

SONNY CROCKETT
*No lo sé, teniente. Muchas
cosas no cierran. But he was
trying to sell mexican candy,
he was living in a hole,* no
sería raro que tuviera los
conectes en Sinaloa...

LT. CASTILLO
¿Doctor?

                    DR. FRIDMAN
*Sonny tiene razón. So far,
una disputa territorial es la
explicación más convincente.
Pero necesitamos saber más
de la víctima. Lo que nos
dijo Moreno no concuerda
con el perfil de criminal
con el que nos encontramos
todos los días.*

                SONNY CROCKETT
¿"Nos" encontramos?

                  RICO TUBBS
*Hora de conocer al speed
dial number one.*

Lt. Castillo asiente casi imperceptiblemente.

EXT. MANSIÓN ESTILO CONTEMPORÁNEO EN KEY BISCAYNE - DÍA

La Ferrari estaciona en el driveway. La propiedad
tiene una garita con un guardia de look paramilitar,
demasiado para una casa de familia.

El tipo les sale al encuentro y ambos le muestran
su badge de la policía.

                SONNY CROCKETT
*Afternoon, pal. Podrías dejar
de jugar a los soldaditos
un minuto y decirle a la*

>   SONNY CROCKETT (CONT'D)
>   *señora Rocheteau que la*
>   *policía está aquí.*

El tipo, desafiante, se mueve lentamente hacia la garita. Los mira, utiliza un intercomunicador. El portón se abre.

En la puerta de la casa, los hacen esperar. Tocan el timbre dos veces. Finalmente, les abre un hombre de unos 40 años, bien vestido, estilo jet set europeo: pantalón de lino blanco, camisa de vestir.

>   JEAN JACQUES ROCHETEAU
>   (acento francés)
>   *Gentlemen. I'm Jean*
>   *Jaques Rocheteau, Claire's*
>   *husband. Please*
>   *be brief, she is not*
>   *feeling well.*

INT. MANSIÓN ESTILO CONTEMPORÁNEO EN KEY BISCAYNE - A CONTINUACIÓN

Claire (32, viste excentric chic de entrecasa. Está descalza. Morena, pelo por los hombros, corte rebajado artsy), se quita unos anteojos oscuros enormes. Sus ojos revelan que ha llorado. Está recostada en un sillón de varios cuerpos, abrazada a un almohadón, todo frente a un enorme ventanal que da al mar. Ingresa la empleada doméstica.

>   EMPLEADA
>   *Mr. Rocheteau, do you want...*

Rocheteau levanta su palma izquierda, la mira
furioso y la detiene en seco. La mujer se marcha
aterrada. Los detectives se acercan a Claire que
nunca deja de mirar el exterior.

> RICO TUBBS
> (mostrando el badge y,
> en español provocando
> al marido)
> *Señora Rocheteau, buenas
> tardes. José María Casares
> Ocampo, aka Chema Casares
> fue asesinado ayer. Sabemos
> que trabajaban juntos.
> ¿Tiene idea quién pudo hacerlo?*

Claire niega, lentamente. Sonny observa toda la
escena. Repara en un detalle de Claire.

Plano detalle: mancha de nacimiento de Claire en
una de sus pantorrillas.

Claire nota que Sonny mira sus piernas. Se cubre la
mancha por puro instinto. Sus miradas se encuentran,
ella se ruboriza.

> RICO TUBBS
> *Señora Rocheteau: ¿en qué
> estaba trabajando?*

Claire rompe a llorar. Nerviosa, trata de contenerse.
Intercede su marido. La abraza teatralizando el
momento. Exagera su protección. Los mira desafiante.
Y en español, con acento francés, obviando la
provocación del policía.

JEAN JACQUES ROCHETEAU
*Ellos tuvieron una extensa
relación de negocios.
Estrictamente profesional.
Claire está shockeada por
su inesperada partida. Por
favor déjenla respirar.*

RICO TUBBS
*Lo entendemos, señor
Rocheteau. Pero tenemos
una víctima y necesitamos
averiguar quién lo hizo.*

Rocheteau apoya la mano en el hombro de su mujer y lo presiona apenas. Ella lo mira a los ojos, él asiente, la impulsa a hablar.

CLAIRE ROCHETEAU
(hiperventilada,
con dificultad)
*He... él tenía unos asuntos
allá en Sinaloa. José María
hizo muchos enemigos.*

RICO TUBBS
*¿Está usted sugiriendo
cuestiones relacionadas
con drogas?*

Claire asiente, respira con dificultad. Y se desmaya. El marido se desespera.

JEAN JACQUES ROCHETEAU
Claire, Claire.
        (y gritando, a la empleada)
*¡María! Call the doctor. ¡Llama
al doctor, otra vez, ya!*
        (y a los policías, enojado)
We will make a written
deposition first time
tomorrow morning.
Now, please salgan de
aquí. Leave, ¡Mon dieu!

Lend Me an Ear

Un simio feroz, con el ceño fruncido, toma una banana. Con lentitud, la pela en cuatro tiempos —reproduzco el acting con cara seria y todo, monificando mis labios—: uno-dos-tres-cuatro. Entonces toma la pulpa y la arroja bien lejos, quedándose solo con la cáscara. La acerca a sus ojos, observa el interior.

—¿Y? —Se oye desde fuera de cuadro.

—Nada: "Sigue participando" —contesta el simio protagonista principal, la arroja en una pila absurda de cáscaras y pulpas intactas. Toma otra banana para repetir la misma acción una vez más.

El locutor cierra con "Ingresa en mtvla.com y participa del

concurso *Planeta de los Simios*. Puedes ganar dos viajes a Los Ángeles bla bla bla".

Decía que mucho antes de que Wilma nos pusiera el ultimátum, mi adaptación a Miami patinaba todo el tiempo. La idea del simio respondía en mi cabeza a todos los requerimientos de una promo de concurso que siempre solía involucrar sponsors. Y los sponsors siempre arrastran mayores temores. Estaba convencido de que arrasaría las barreras de la prudencia, que danzaríamos todos alrededor de un guion sin contraindicaciones ni daños colaterales. Me equivoqué: me devolvieron un gesto que equivalía a un "todavía está muy junior, sigue creyendo en musas y risas" para luego desaprobar la idea que fue a dar un cajón poblado de quimeras que nunca hallaron su greenlight. Un cajón mítico que a los fines de esta historia voy a llamar ano.

Con la lluvia y los ronquidos, esa mañana no había arrancado bien. Me costó entender que me encontraba en la man cave. Y si bien no tenía idea de qué tan tarde se había hecho, ya sentía el calor típico de la media mañana. La puerta se resistió como nunca. Cuando se rindió, una luz feroz me abofeteó. Permanecí unos instantes con los ojos cerrados, tratando de recuperar algo de la visión que me ayudara a transitar entre los arbustos.

—Good morning.

Solo de espaldas al sol logré operar. Lo que yo asumí como una lluvia provenía de la manguera incansable de Wilma refrescando sus dominios.

—Buen día —dije con la boca pastosa—, ¿qué hora es?

—Diez y media.

—Shit.

Lo primero que uno aprende en el idioma de la casa es a putear.

—¿Quieres un café? ¿Una ducha?

El simio del concurso practicaba tap en mi cabeza. Wilma se burló de mi enésima cruda de mezcal. Me tomó de la mano y me remolcó hacia la woman cave. Sabía que no me toleraba o por lo menos detestaba el lugar al que su marido y yo nos dirigíamos. Pero parecía haber cambiado de estrategia. Me dejé llevar. Sugirió combatir la jaqueca con clamato y apoyó mi vaso marcando cierto descontento. Me prometió para luego-luego un café. El clamato con chile y sal me amedrentó pero lo vacié en tres o cuatro fases. Wilma, mientras preparaba dos tazas de café, me sugirió que me tomara uno de los varios sick days que admiten las compañías americanas. Y me acercó el teléfono. Hablé con Eva, la coordinadora del departamento que me tranquilizó y logró una extensión en el deadline para las nuevas ideas del concurso.

—We need to talk, tenemos que hablar.

Bufó y se derrumbó en la silla. Reparó en que me hablaba como a Martin, en inglés primero y en español después. La lengua madre del borrego era el inglés pero no querían que perdiese el español. De cualquier manera, él a todo el mundo le respondía in English.

—¿De qué tenemos que hablar? —Me impacienté.

—Del agujero negro. No te darás cuenta hasta que ya estés dentro.

—*¿Miami Vice?*

—Ya vi esta movie muchas veces. Todo empieza por un guion, pero después se pierde el norte y termina girando como un hámster ciego.

Quise cortar el sermón de raíz. La vida parece una función interminable en un teatro donde el público se renueva todo el tiempo. Las personas con las que trataba recorrían aquel escenario con un aire dramático mientras hallaban el momento justo de plantarse de frente a los espectadores, con una luz cenital que exageraba sus gestos para convertir la obra en un culebrón venezolano. Quiero decir que no acostumbraba a tratar con una mujer tan preocupada por contener su desborde emocional. Hasta que una lágrima desesperada echó a rodar por la mejilla. Lloró un mar, acompañado de un quejido débil.

—Tengo que irme.

—Wait. No te muevas de ahí —amenazó con la voz quebrada y se puso de pie.

Abracé mi mochila, pero no me atreví a desafiar su orden. Ella regresó a la mesa. Parecía otra mujer, en éxtasis, entregada a sus palabras y a una misión clara. Después de un largo sorbo de café, tomó de manera extraña un objeto que guardaba en su falda. You are an Argentine writer. Te gustan las historias, dijo triunfante y me mostró un portarretrato con una foto en blanco y negro, de mucho grano y tres personas, uno de ellos con el rostro cubierto por sus delicados dedos. Una niña que resultó ser ella misma en los setenta en el DF, junto a su padre en la casa de Coyoacán. Y descorrió el velo que ocultaba al misterioso tercer hombre.

—Me estás jodiendo. ¿Vos conociste a...?

—...tú oyes lo que tengo para decir y luego hablamos de él. ¿Deal?

—¿Dónde firmo?

Hard Knocks

—¿De qué año es esa foto?

—Tenemos un trato: primero mi historia.

—Ok, dale. Tomate tu tiempo.

Le di un largo sorbo a un café ya tibio.

—Te conté que mi padre se mudó a México invitado a dar clases de Literatura Americana... —pensó un instante y se corrigió—, American Literature en el DF.

A los latinoamericanos nos provoca cierto recelo cuando el "América" se refiere solo a los Estados Unidos de América. Wilma switcheó veloz. En inglés no se resuelve pero genera menos susceptibilidad.

Sus padres se casaron muy jóvenes, ya contaban con

una hija pequeña. Como a todos los primerizos, el futuro se les presentaba con un peso y una culpa que les nublaba las prioridades. Según contaba su madre, por primera vez pensaron que la enseñanza no les podía brindar las oportunidades que pretendían. Lo que atina un judío de clase media que quiere establecerse y progresar es presentarse en la comunidad. Averiguó las opciones y con un poco de sorpresa se enteró de la Sinagoga Beth Israel, fundada por gringos: la única de habla inglesa de América Latina. Hizo una pausa, se le iluminó la cara. Había regresado a uno de sus primeros recuerdos. Pensé que un café con leche como el anterior, con solo una cucharada más de azúcar hubiera sido perfecto. Pero no pude cortar ese clima.

—Mamá me compró un vestido con tules especialmente para la presentación en sociedad. Papá lució gel por primera vez en su vida y nos reímos los tres de su nuevo look. Mi primera vez en un templo. La primera vez en mucho tiempo para Paul y Bethany. La idea resultó: allí conocieron expatriados y con el tiempo establecieron tres o cuatro relaciones dizque comerciales. De aquellos contactos surgió una amistad que mucho más tarde se transformó en una oportunidad de negocios que cambió nuestras vidas. ¿Otro café?

¿Cómo lo supo? Apenas asentí. Estaba inmerso en un relato con el cual yo compartía muchos códigos. Si los padres de Wilma hubieran elegido Buenos Aires, todo aquello podría haber sucedido en Bet El de Belgrano, al norte de la Capital Federal, una comunidad fundada por un rabino rebelde de Brooklyn.

Wilma preparó el café al ritmo del relato. Varios años antes y de una manera espantosa, Baruj Aizemberg había perdido a Lidia, su mujer. Cuando tuvieron a su primer niño, ella ingresó en un oscuro cuadro depresivo. Una vez que las hormonas se lo permitieron, llegó a la conclusión de que le haría bien retomar sus estudios. El 2 de octubre del 68 por la mañana se fue de su casa a la universidad y nunca regresó.

Hizo una pausa. Se tomó un tiempo para ver si aquella fecha llamaba mi atención. Nada.

—El 2 de octubre del 68 tuvieron lugar dos acontecimientos importantes en esta historia. En México, las fuerzas del pinche desorden abrieron fuego contra estudiantes desarmados que se manifestaban en Tlatelolco. Una masacre que dejó cientos de muertos, encarcelados y desaparecidos. Lidia no tenía mucha relación con otros estudiantes, mucho menores que ella. Pero todo parece indicar que estaba allí.

Wilma hizo otra pausa, esta vez afectada por su propia reseña de los acontecimientos. No la dejé respirar.

—¿Y el segundo? ¿El segundo acontecimiento del 68?

—Ese mismo 2 de octubre del 68, en Seattle nací yo.

Con un ahogado hilo de voz, dijo que Lidia fue velada a cajón cerrado, "como todo judío". Se acordó una versión oficial: un accidente automovilístico porque su padre, que tenía tratos con el gobierno y hasta se jactaba de conocer al mismísimo presidente, convenció a todos de que mejor no mencionar Tlatelolco. Baruj, en profundo shock, no se opuso. Todas sus fuerzas, las pocas que le quedaban, fueron encauzadas en el ciudado de su único hijo: Samuel... Sammy de tan solo ocho años.

Cuando Baruj los conoció en el Templo Beth Israel en el 74, tuvieron una conexión inmediata. La madre emanaba una paz inmensa y a él se le ocurrió que tal vez, pudiera impartirle clases de inglés a su hijo. Tenía la ilusión de que aquella serenidad pudiera controlar el espíritu desmadrado de Sammy que purgaba ya seis años de ausencia. Y funcionó. Vaya a saber si por ella, si por compartir un momento con una familia completa, o por los libros del padre. Pero Sammy comenzó a visitarlos cada vez más seguido. Le sentó bien. Baruj valoraba muchísimo el cambio que esos gringos habían operado en el muchacho. Allí conoció la obra de Beckett, un autor que adoptó para siempre. También allí se empezó a forjar el artista que Sammy fue alguna vez.

—¿Qué edad tenían en aquel entonces?

—Yo tenía seis, siete años y él, catorce.

—Entonces no fue allí que ustedes...

—No, claro que no —sonrió—, pero yo recuerdo haber descubierto una personalidad fascinante. Con el tiempo Sammy se fue a probar suerte a Los Ángeles. Ya no lo vimos por un buen tiempo, casi lo había olvidado. Hasta que a los diecisiete años mis papás me regalaron el postergado viaje a *Disneyworld*. Baruj nos pidió que hiciéramos una escala en Miami para checar cómo estaba Sammy. Yo no tenía idea. ¿Qué estaba haciendo allí? Pues grabando el pinche piloto de *Miami Vice*. Nunca vi a Sammy más pleno que en ese momento. Fue muy cordial con nosotros; él dice deberle mucho a mi padre y a su biblioteca. Nos invitó al set, un ensayo general en los Headquarters de la policía. Mi madre insistía en que fuéramos de compras. Pero yo no iba a perderme aquella oportunidad.

—¿Y qué pasó?

—Pues fui yo sola. Un capricho, la locación estaba en una colonia horrible.

—¿Solos?

—Ahá. Él me cuidó —prosiguió sonriente—, después del set hubo un happy hour. Sí, yo era menor, no debía haber estado allí. Aunque en México y para aquella época ya había tenido varias pedas, no quise meterlo en problemas. En un momento, Sammy y yo hablábamos con Michael que me preguntaba...

—¿Michael? ¿Michael Mann?

—...a-há; me preguntaba si no me interesaría un pequeño papel en una escena que se rodaría al día siguiente. Entonces se me acerca Don Johnson, you know, flirty.

"¿Flirty?", remarqué para asentar la enseñanza, un truco para adosarla al creciente Thesaurus de expresiones. Porque uno va mejorando su inglés a puro glitch, intercalando pequeñas interferencias en el hablar propio, imitaciones de miniescenas robadas.

—Sí, flirty, you know, seductor, mamón. Estamos hablando del piloto. Don todavía no era the big fucking star of *Miami Vice*, pero era guapo, famoso y no creo que haya tenido problemas de autoestima. Anyway, se acercó ofreciéndome un trago, comenzamos a hablar. Algo me despertó, no sé. Era la primera vez que alguien me trataba como mujer.

Detuvo el relato para injertar una pausa en la que yo debía decir algo, hacer algo. No tenía idea qué. Algo.

—¿Sammy no te contó?

—¿Contarme qué?

—Que tuve sexo con Don Johnson.

—¿Te cogiste a Don Johnson?

—Sammy cree que tuve sexo con Don Johnson.

—¿Cómo me va a contar algo así?

—Cuando se pasa de mezcal dice muchas pendejadas.

—Pará, pará: ¿te lo cogiste o no?

—Mister escritor, para usted esta historia tendrá un final abierto.

No supe la respuesta hasta mucho tiempo después. O la

pista que me hizo sospecharla. Como sea, ella nunca más habló del tema. Detesta todo lo que le recuerda a *Miami Vice*. Durante veinte, veinticinco minutos, se ausentó del lugar para "platicar" con Don Johnson. Sammy la buscó desesperado hasta que dio con ellos en el parking, fumando.

—Llegó Sammy, al rescate, con expresión de terror. Don nos miró a los dos y dijo: "Oh shit, is she taken, huh Pal? Un pinche asshole, no salía del personaje. Sammy creía haber llegado tarde para protegerme de un sujeto con prontuario. Ya todos conocían su modus operandi. Pero yo respondí: "Kind of, pal" y besé a Sammy en los labios. Y así termina la intro de la historia porque aquí es donde debes prestar atención.

—Really?

—Really.

Wilma abrió el refrigerador y encontró unos edamames que sirvió con sal marina. Llevaba muy poco tiempo fuera de Argentina, un país con una dieta de carnes rojas veinticinco veces a la semana. Este excéntrico appetizer resultó una herramienta perfecta para ocupar mis torpes manos durante el relato. Recordó cómo Sammy la acompañó de regreso al hotel. Cenaron los cuatro pero su cabeza no se detenía. El viaje a *Disney* fue horrendo: había experimentado el trato de una mujer adulta y los planes familiares la obligaron a volver al modo Minnie Mouse. "Awkward", dijo. Y a Sammy, bueno, no le fue mejor.

—¿Todo esto para contarme su desaparición en el piloto? —comenté algo decepcionado mientras tragaba edamames como desquiciado.

—Todo esto para contarte lo que pasó después del piloto. Lo volví a ver dos años más tarde hecho un desmadre. Baruj lo había repatriado una vez que le llegaron los rumores de que Sammy atravesaba una depresión que apenas lo dejaba salir de la cama. De vuelta en el DF, salía de noche, tomaba demasiado. Hasta le dio de madrazos El Perro Aguayo, un ícono de la lucha libre, mira si se habrá apendejado el muy cabrón. ¿Dónde nos encontramos? En el shil en Rosh Hashaná. El Año Nuevo.

—Sé lo que es Rosh Hashaná, íngale.

—Fuck, ¿también eres paisano?

—A-há, ¿por?

—Ustedes dos son dos pinches gotas de agua —dijo meneando la cabeza—, no sé para qué lo intento.

Sammy detestaba la sinagoga, pero en Rosh Hashaná, continuó Wilma, hacía la única concesión en el año para el bueno de Baruj. Cuando se reconocieron fue eléctrico. No dijo "romántico", dijo "eléctrico". Él preguntó "qué edad tienes" y ella respondió "ya puedes". Tuvo su primera vez con un actor de *Miami Vice*. Aún no estoy seguro si con el principal en un parking mugroso de Miami, o con el que no llegó al piloto, junto a la Menorah de un templo mexicano.

—O sea que Sammy fue tu único...

Su cara y una risita sarcástica me delataron.

—Sammy vuelve cada tanto al tema *Miami Vice* y eso

lo drena. Y los que lo ayudan terminan igual o peor. He intentado cerrar este círculo pendejo varias veces.

Apoyó su mano en la mía. Me halagó pensar que también se preocupaba por mí.

—Ayúdame, te lo ruego. Es inevitable. No nos conocemos mucho pero te ruego que te cuides.

Nos despedimos con ese abrazo cordial hombro-con-hombro que aprendí a practicar en esta ciudad. Me pareció bastante más largo de lo que se estilaba. Me prometí terminar ese guion con honores, por Sammy, por mí, pero sobre todo por Wilma.

Caminé las cuatro cuadras que me separaban de mi casa con mis ropas impregnadas de su perfume. Decidí seguir mi camino hasta el *Smoothie King* de Washington Avenue. Con el primer brain freeze, lo advertí.

—Fuck, fuck, fuuuuuck. ¡La foto! Soy un idiota.

INT. ESTACIÓN DE POLICÍA, SALA DE REUNIONES - DÍA

Alrededor de la mesa Sonny, el psico, Rico, y Trudy. Castillo está sentado en la cabecera opuesta al pizarrón, en silencio. Stan abre una caja de donuts. Gina pega una foto en la red de relaciones en el pizarrón.

Plano detalle: fotos de Claire y Jean Jacques.

> GINA
> *Jean Jacques Rocheteau, 41,*
> *nacido en París, se mudó*
> *a Miami 25 años atrás. Es*
> *una mente brillante para*
> *los negocios con varios*
> *tentáculos en US y Francia.*

> TRUDY
> *Tiene una de las colecciones de*
> *arte privadas más importantes*
> *de la ciudad. Es dueño de*
> *una galería en París, top of*
> *mind en arte latinoamericano.*
> *Especialmente colombiano.*

> GINA
> *Así es como conoció a Claire*
> *Vitier, 28, nacida en Miami de*
> *padres cubanos. Fue su asesora*
> *en cuestiones de arte hasta*
> *que se casaron, hace 5 años.*

Castillo, manos entrelazadas sobre la mesa, levanta la vista.

CASTILLO
Tal vez sea hora de invertir
en el negocio del arte.

EXT. MACARTHUR CAUSEWAY - DÍA

Un Rolls Royce avanza por el carril central. El tráfico es lento, hay muchos autos por el art week.

En el interior del automóvil, un "acaudalado" Dr. Fridman. Stan, como chofer, lleva su mano izquierda al auricular.

> **STAN**
> (acento americano,
> español decente)
> *Doc, me piden que diga algo*
> *para chequear el audio.*

> **DR. FRIDMAN**
> (con la melodía de
> "Heroes" de Bowie)
> *We can be heroes, just*
> *for one day / we can be*
> *us, just for one day.*

Stan lo mira y sonríe.

> **STAN**
> (acento gringo, juega con
> la expresión latina)
> *Doc, usté está tostao.*

EXT. PARKING FRENTE AL CONVENTION CENTER - MIENTRAS
TANTO

Una van marca Dodge donde un técnico de la policía
y Sonny oyen cantar al doc. Crockett se muestra
incrédulo, se baja frustrado y se une a Rico y a
Castillo.

> **SONNY CROCKETT**
> *Teniente, ¿por qué ponemos*
> *al viejo en peligro?*

> **LT. CASTILLO**
> (pausado)
> *¿Qué piensas del mensaje de*
> *Chema Casares en el contexto*
> *de la violencia institucional*
> *y la desesperación en el*
> *norte de México?*

Sonny queda petrificado.

> **LT. CASTILLO**
> *Exacto.*

Castillo se marcha a la van. Rico se tienta y trata
de disimularlo. Pero Sonny lo ve.

> **SONNY CROCKETT**
> *Not funny.*

> **RICO TUBBS**
> *Oh, it is funny. No para ti,*
> *broder. Pero es funny.*

Rico ríe otra vez, ahora más ruidoso, sin contemplaciones.

EXT. ENTRADA CONVENTION CENTER MIAMI BEACH - A CONTINUACIÓN

Stan deja al Dr. Fridman en el valet parking. Le abren la puerta y baja. Camina hacia el venue. Stan entrega la llave, apura el paso y lo alcanza.

INT. CONVENTION CENTER MIAMI BEACH - A CONTINUACIÓN

Mientras suena "Let's get it started" de los Black Eyed Peas, el Dr. avanza por los pasillos de ART BASEL. Stan lo sigue un par de metros detrás.

El psico luce un traje claro de hilo muy refinado, lleva en el bolsillo superior un pañuelo de dos picos a tono con la camisa, un sombrero. Y un bastón.

Ingresa a un par de espacios de galerías, donde conversa con los galeristas, muy gentiles y serviciales.

Hasta que el Dr. llega al espacio de Claire Rocheteau, Vitier Gallery. Hay mucha escultura heredera de Botero. El psicólogo llega hasta la mesa donde se encuentra Claire, toma una business card. Se interrumpe el track de los Black Eyed Peas.

> **DR. FRIDMAN**
> (leyendo la business card)
> *Vitier Gallery... en*
> *Coral Gables.*
> (y a Claire)
> *Niña, dime, ¿hace mucho*
> *que están en Miami?*

Claire está ida, le cuesta mucho seguir la conversación.

> CLAIRE ROCHETEAU
> *Disculpe... sí, llevamos casi 4*
> *años y nos especializamos...*

> DR. FRIDMAN
> (interrumpiendo)
> *...en arte latinoamericano.*
> *Ya veo.*

Claire le extiende un impreso con el inventario del stand.

> CLAIRE ROCHETEAU
> *Aquí tiene el catálogo de la*
> *muestra. Cualquier inquietud,*
> *no dude en preguntar, señor...*

El psicólogo hace un gesto de respeto algo anacrónico.

> DR. FRIDMAN
> *Balbuena, Francisco*
> *Isidoro Balbuena.*

El psico comienza a recorrer el stand cuando llegan Rico y Sonny. Se acercan a Claire e interrumpen su camino. La intimidan.

> RICO TUBBS
> *Mrs. Rocheteau, necesitamos*
> *hacerle un par de preguntas*
> *más. Es importante.*

Claire y Sonny se miran, ella se corre el pelo de la vista.

CLAIRE ROCHETEAU
(mirando a Sonny)
*Ayer enviamos mi declaración
escrita. Es todo lo que
sé. ¿Ustedes entienden lo
difícil que es todo esto
para mí? Él era mi artista.*

El Dr. pone el bastón entre Claire y los policías,
señalando una de las obras de Chema en la pared:
una mujer frente al espejo de un baño de gasolinera.
Por la puerta entreabierta se ve a un oficial de la
migra con mirada lasciva.

DR. FRIDMAN
*¿Qué me puede decir de
este artista? La frontera
es lo próximo.*

SONNY CROCKETT
*Escuche, abuelo, somos de
la policía de Miami. No es
buena idea que se meta.*

El doc apoya el bastón en el pie de Sonny.

DR. FRIDMAN
*Y yo no creo que la policía
quiera interrumpir el más
esperado evento de la ciudad.*

SONNY CROCKETT
Está violando the jackass ordinance.

El doc retira el bastón sin dejar de mirar a Sonny. Rico le extiende su business card a Carla. Y se marchan. Ella va a su mesa y se coloca los mismos lentes oscuros que tenía en su casa. Rompe a llorar.

> **DR. FRIDMAN**
> *Niña, you all right?*
>   (para sí y para que
>   lo oiga Claire)
> *Cabrones.*

> **CLAIRE ROCHETEAU**
> *Sí, I'm fine, thank you.*

> **DR. FRIDMAN**
> *Mira, quisiera hacerte unas
> preguntas sobre tus artistas
> pero puedo volver más tarde.*

> **CLAIRE ROCHETEAU**
> *No, please. Quédese.*
> *Estoy bien.*

> **DR. FRIDMAN**
> *¿Segura?*

> **CLAIRE ROCHETEAU**
> *Completamente.*

> **DR. FRIDMAN**
> *Bien, ¿qué me puedes
> decir de Chema?*

Claire rompe a llorar desconsolada. El Dr. le extiende su pañuelo. Ella lo toma.

DR. FRIDMAN (CONT'D)
¿Quieres tomar un café,
niña? ¿Y me cuentas?

Claire lo mira, asiente dubitativa.

EXT. PARKING FRENTE AL CONVENTION CENTER - MIENTRAS
TANTO

Sonny llega a la van con una renguera. Rico abre
la puerta lateral. El técnico y Castillo oyen la
conversación entre el psico y Claire.

CLAIRE ROCHETEAU
(en off)
Chema Casares fue un
artista muy talentoso...
sensible. De buen corazón.
No se merecía...

INT. CONVENTION CENTER MIAMI BEACH / EXHIBITORS
ONLY AREA - MIENTRAS TANTO

El Dr. y Claire toman Perrier.

DR. FRIDMAN
Lo lamento mucho.

CLAIRE ROCHETEAU
I don't wanna talk about it.

DR. FRIDMAN
Understand, niña. Pero lo
necesitas. Necesitas hablar
con alguien. ¿No tienes novio?

CLAIRE ROCHETEAU
Soy casada.

DR. FRIDMAN
¿Y él no te escucha?

Claire lo mira, se toma un tiempo para responder.

CLAIRE ROCHETEAU
No puedo hablar con él. No se
preocupe, voy a estar bien.

DR. FRIDMAN
Soy mexicano, vivo entre
el Distrito Federal y West
Palm Beach. Invierto en
arte latinoamericano,
especialmente de México. En los
últimos tiempos me he enfocado
en el arte de frontera en
todas sus disciplinas. Quiero
saber más de este artista y
presiento que no seré el único.

CLAIRE ROCHETEAU
No puedo.

DR. FRIDMAN
Habla ahora, lo necesitas.

CLAIRE ROCHETEAU
No puedo, no puedo.

El Dr. la abraza, ella se deja.

> DR. FRIDMAN
> *Tú sabes quién lo mató.*

Ella se aleja.

> CLAIRE ROCHETEAU
> *¿Cómo sabe que lo mataron?*

EXT. PARKING FRENTE AL CONVENTION CENTER - MIENTRAS
TANTO

En la van de vigilancia.

> CASTILLO
> *Call Stan, now.*

> RICO
> *Stan, ten ninety one. Repito:*
> *ten ninety one. Muévete, now.*

INT. CONVENTION CENTER MIAMI BEACH / EXHIBITORS
ONLY AREA / VITIER GALLERY - MIENTRAS TANTO

> DR. FRIDMAN
> *Está en todos los periódicos.*

> CLAIRE ROCHETEAU
> (desconfiada)
> *Really?*

Claire se queda mirando, desconfía. Stan ingresa
velozmente.

                    STAN
          Dr. Balbuena. Perdón
          la interrupción. El
          transfer ya está acreditado
          en la cuenta bancaria.

               CLAIRE ROCHETEAU
               (más desconfiada aún)
          Really?

De vuelta en el espacio de Vitier Gallery, Claire está
de pie frente a uno de los cueros/canvas de Chema.
El Dr. Fridman entra a cuadro y se ubica a su lado.

               CLAIRE ROCHETEAU
               (recompuesta, altiva)
          Gracias.

                 DR. FRIDMAN
          ¿Gracias por qué?

               CLAIRE ROCHETEAU
          Porque me hizo ver que ya están
          especulando con su muerte.

                 DR. FRIDMAN
          ¿Qué? ¡No!

EXT. PARKING FRENTE AL CONVENTION CENTER - MIENTRAS
TANTO

En la van, todos oyen la conversación.

                SONNY CROCKETT
          ~~*Fuck!*~~

To Have and to Hold

Sammy me abrió la puerta, mientras intentaba —sin éxito— desatar una de las *Nike* azules de Martin.

—Qué bueno que estés aquí —mordía los cordones—; acompáñame.

—No vine a verte a vos —lo interrumpí y casi lo atravieso—. ¿Está Wilma?

No esperé su respuesta. Lo abandoné en su lucha contra las "agujetas" y me mandé. Me planté en el centro del living y recordé el Panóptico de Foucault. Buscaba ese espacio de vigilancia que me permitiera controlar los 360 grados de ese living. Hasta que di con mi objetivo.

En el jardín, Wilma lucía un pañuelo con arabescos en

la cabeza. Contemplaba su reino crecer en silencio, regaba el ficus con un patrón lento pero inexorable desde su —también— panóptica ubicación desde la cual multiplicaba los brotes. Su dedo índice en el extremo de la manguera definía una parábola de agua exacta. Parábola que fue interrumpida cuando cerré la canilla. Tardó en reaccionar. En cámara lenta, giró y continuó la trayectoria del conducto para dar con el problema. Noté sus auriculares, operaba a otra velocidad. Un universo donde ella era el centro y las plantas giraban a su alrededor en un equilibrio débil que dependía de esa cuerda de agua que yo había cortado. El rostro de Wilma se ensombreció.

Después de muchos años fuera de mi país, creo haber hallado un principio de explicación de por qué a veces los argentinos caemos tan mal. Una razón complementaria a la soberbia y a tantas otras que uno puede observar a plena luz del día en cualquier *Best Buy*. Se trata de un malentendido vinculado a nuestra identidad y es inconsciente. El argentino cuando entra en confianza, maltrata. Para empeorar la cosa, entra en confianza mucho más rápido que otras nacionalidades. Y para otorgarle categoría de colmo: el maltrato constituye un acto de buena fe, de buenos deseos. Bajándolo a tierra, la amistad en Argentina involucra muchísimo el reírse del otro y que el otro lo permita, un vínculo que se instaura en ambas direcciones. Se suele establecer casi de inmediato, con extrema liviandad. Y se estimula: reírse del otro es un sinónimo de cercanía. Y como la cercanía tiene buena prensa, puede representar una declaración de principios, de credenciales.

Tal vez haya sido muy temprano en la línea de tiempo de mi relación con Wilma. Interrumpir aquel trance que sostenía con la naturaleza fue cuanto menos una falta de tacto. Lo que comenzó como algo inocente, crecía con la lógica de la broma Kunderiana y la velocidad del Correcaminos. Cuando se quitó un auricular, supe que había practicado un bullying elemental, de colegio secundario. Señalé el portarretrato con la foto de la explicación faltante. Sonrió hiriente, se hincó apenas y abrió la canilla, todo sin dejar de mirarme. Vovió a ponerse el auricular y regresó a su panóptico. Su equilibrio se restableció. El mío, cayó por el acantilado y se dio contra el pavimento. Beep beep.

Sammy y yo la contemplábamos en silencio desde la ventana de la cocina. Cuando ese pacífico y metódico ritual, ese taichí del riego llegara a su fin, me llegaría su veredicto.

—Su madre era igual.

—¿Cómo igual?

—Su madre tenía la misma aura, contemplarla tranquilizaba. A veces siento culpa de estar con ella. She's so out of my league, carnalito. No hay nada después de Wilma.

Me preguntó si conocía la leyenda de la diosa zapoteca del mezcal. Me contó la historia de la insensible y soberbia Mayagüel. La del cuerpo que parecía un tronco de agave pero del que no sobresalían pencas sino cuarenta mil senos de los que brotaba un elixir para quienes la veneraban en la tierra. De tan fría, se le formaron gusanos en el corazón y así conoció el deseo. Se enamoró de un guerrero que no se creía digno de una diosa. Así que ella lo embriagó. Le ofreció el más hermoso de sus senos para que bebiera el elixir de sus entrañas. Y ahí, en medio de la peda, el tipo sintió que she was so out of his league que le suplicó: "Hazme dios o hazte mujer". Cada mañana, confesaba sin quitarle la vista, Sammy rogaba que lo convirtiera en dios o que Wilma se hiciera mujer de una pinche vez. El único momento en el que ella lo miró como a un dios fue durante la grabación del piloto de *Miami Vice*.

Había seteado un tema que necesitaba desarrollo. Con un "¿Por qué?" hubiera bastado. Pero me encontraba bebiendo el elixir del seno perfecto, un borde erógeno de percepción oceánica que me bajaba las pulsaciones.

EXT. GALERÍA DE IZZY EN WYNWOOD - NOCHE

Sonny estaciona la Ferrari Spider frente a la galería de Izzy. Renguea y se apoya en el bastón que antes utilizó el Dr.

INT. GALERÍA DE IZZY EN WYNWOOD - A CONTINUACIÓN

Sonny atraviesa la galería desierta. Avanza mientras refunfuña algo ininteligible. Pasa a una pequeña oficina y de ahí a un ínfimo patio.
Sentado en una banca, Izzy fuma un habano. Ilumina con su linterna el cuerpo inmóvil de un possum. Cuando se acerca Sonny, le pide con señas que lo haga en silencio y que se siente a su lado. Conversan en voz baja, casi susurran.

> IZZY MORENO
> *Escuché miles de veces sobre*
> *los possums haciéndose los*
> *muertos. Pero nunca los*
> *había visto. ¿Lo sientes?*
> *Despiden ese hedor. Y entran*
> *en coma por más de 4 horas.*

> SONNY CROCKETT
> *¿Lo mataste del susto?*

> IZZY MORENO
> *That's what I do.*

> SONNY CROCKETT
> *¿Cuánto tiempo llevas aquí?*

> IZZY MORENO
> *Casi dos horas, detective.*

SONNY CROCKETT
¿Y qué pasa con la tienda?

IZZY MORENO
*No es una tienda. It's a fine
art gallery. Wait, ¿dónde
quedó "el parcerito"?*

SONNY CROCKETT
(imitando el acento
colombiano)
*Pues se me hace que su
parcerito se fue a rumbiar.*

IZZY MORENO
(siguiendo el juego, con
acento colombiano)
Gonorrea, malparido.

SONNY CROCKETT
(sigue impostando el acento)
*Oiga marica, que necesito que
me haga un favor. We are lost
here: el vaquerito ofrecía
merca de Sinaloa... por otro
lado hacía buena plata con
su arte... Su galerista, la
de verdad, dijo que tuvo
problemas en su pueblo.*

IZZY MORENO
That's weird.

Izzy se pone de pie, se marcha rumbo a su oficina.

IZZY MORENO (CONT'D)
Sígueme.

SONNY CROCKETT
¿Qué hacemos con tu investigación, Mr. National Geographic?

IZZY MORENO
Si de verdad está muerto, nos deshacemos del cuerpo. No queremos policías haciendo preguntas. Si fue solo una actuación, le damos un Oscar.

Crockett sonríe: adora el humor de Izzy.

En su pequeña oficina, Izzy guarda un souvenir muy kitsch de los Miami Dolphins, del que extrae unos recortes de diarios de Sinaloa.

IZZY MORENO
Él me dio esto. El chico no se escondía. No way, Crockett.

Plano detalle: los titulares reflejan la nueva etapa exitosa de Chema en USA.

SONNY CROCKETT
¿Para qué conservas todos estos periódicos?

IZZY MORENO
La fascinación por la muerte
es una antigua tradición
mexicana. Casi tan grande
como la de los coleccionistas
por las inversiones en
artistas muertos.

Crockett sonríe una vez más mientras niega con la cabeza.

SONNY CROCKETT
(señalando en dirección
a la galería)
Pal, será difícil probar que
Chema hizo todo ese "fine
art for the living room".

IZZY MORENO
No para la colección privada
de Izzy Moreno, Pal.

Con la misma linterna que iluminó al possum, Izzy alumbra un rincón de su oficina. Apilados contra la pared, hay unos 10 bastidores. Sonny e Izzy se acercan.

Plano detalle: es la misma técnica de los cueros pero ahora en bastidores. Es un desnudo femenino. En una de las pantorrillas, la marca de nacimiento de Claire.

SONNY CROCKETT
¡Claire! Ellos eran...
Sweet mother of icebergs.
Tal vez esto no sea una
cuestión de drogas.

NEUROSIS MIAMI | Gastón Virkel

Give a Little, Take a Little

El sol resistía aún cuando Wilma regresó a la cocina con un aura pacífica, como si el horizonte hubiera absorbido su enojo.

Se oyeron los pasos apurados de Martin acercándose en un evidente wi-fi espiritual con su madre.

—Mom, ¡hungry!

Apareció en calzoncillos y descalzo, como todos los niños de Miami que detestan las mangas largas o las frazadas. Y vino derecho a abrazarme.

—Quihubo, güey —me dijo.

Me arrodillé y nos abrazamos. Todos estábamos sorprendidos.

—Eres el único con el que habla español —me dio a

entender Wilma, entre susurros y muecas—. Voy a preparar
la comida.

—Entonces, los dejo cenar.

—Nooooo, Boris. Come on. Yo ojalaba que te quedabas a
comer con nosotros.

—¿Vos qué?

—Dijo "ojalaba" —me aclaró Sammy—. Martin deseaba-
que-ojalá te quedaras.

—Claro: del verbo "Ojalar". Genius.

—Mom, can we order pizza?

—Vamos a cenar afuera: yo los invito. Déjenme una vez a mí.

Miré a Wilma, la inequívoca dueña de la última palabra
en esa casa.

—Órale —se adelantó Sammy—, pero con una condición:
tú manejas.

Mientras se calzaba las *Birkenstocks*, me lanzó el llavero.

—Dale. Hace mucho tiempo que ojalaba manejar el
Cadillac.

Avanzábamos por Biscayne rumbo a *Andiamo*, la pizzería favorita del enano porque, según me contó ya ubicado como copiloto, tenían un horno de ladrillos que se podía ver y que no paraba nunca. Por el retrovisor espiaba a Wilma y a Sammy acaramelados por primera vez desde que los conocía. En un momento, Wilma y yo nos encontramos en el espejo. Y sonrió.

El Viejo

Cuando regresamos a la casa, Martin transitaba ese espacio en el que los chicos se desvelan y no pueden con su alma.

—Night night everybody —dijo ella con el niño en brazos.

—I want Boris to help me sleep —bostezaba—. He knows stories.

Yo estaba aterrado pero el "qué cute" de Wilma me dio el valor que necesitaba. Lo llevé de la mano, lo ayudé a lavarse los dientes. Se puso un pijama con personajes de la película *ANTZ* y se metió en la cama. Yo buscaba un cuento entre sus libros pero Martin me pidió que le contara uno de cuando yo era chico. Elegí *El cazador de aromas*. Una respiración profunda me sugirió que el sueño lo había derrotado. Terminé el relato y en fade agregué el epílogo feliz para que no se notara la huida.

Recordé cómo disfrutaba cuando mi padre me narraba ese cuento, *Los tres mosqueteros* y algunos otros. No muchos porque los niños aprecian la repetición. Se deleitan en gozar de la misma manera una y otra vez. La búsqueda de la originalidad viene de una mutación en la adolescencia. Tanto reclamaba ese eterno retorno que mi padre grabó aquel puñado de historias en un cassette para que lo oyera cada noche en mi reproductor. Con tanto éxito que regrabó los cuentos para distribuirlos entre los primos. ¿Será ese el origen de mi trabajoso camino de storyteller? ¿Un puñado de argumentos ajenos duplicados en *TDK* hasta el infinito por las ramas de mi árbol genealógico?

Cuando regresé al living, un Sammy alcoholizado cantaba afectado sobre *Cama de Piedra* de Lola Beltrán.

El día en que a mí me maten

Será de cinco balazos

Y estar cerquita de ti

Para morir en tus brazos

Ay, ay, corazón por qué no amas

Sentada en el suelo, Wilma esperaba con un *Luigi Bosca* y la foto de la historia pendiente: ella, su padre y Jorge Luis Borges, año setenta y tres en su casa de la infancia. Me senté a su lado. Me contó que esa foto fue tomada durante el primero de sus tres viajes a México. El padre lo conoció en un agasajo de la embajada argentina donde llegó convocado para entretener al invitado de honor con literatura norteamericana, uno de sus tópicos favoritos. Algo de lo que Paul se enteró mucho tiempo después. Durante la conversación, este joven profesor americano en esa ciudad tan ajena, llamó la atención del escritor. Cuando comentó que había encontrado en una libería de saldos lo que parecía una primera edición de los *Scientific Romances* de Charles Hinton, él insistió en tenerlo en sus manos, ya que no podía verlo. Parece que plantó a los de la embajada con el asado a medio cocer. Recordaba mil veladas donde su padre relataba la anécdota casi con las mismas palabras y el ajado libro entre sus manos.

Una vez en la casa, la conversación se extendió. Wilma evocó su fascinación infantil por ese hombre ciego que sabía más que su papá. Cuando fue la hora de dormir, ella pidió que el invitado le contara una historia. You know, dijo Wilma, ¿Borges? ¿Con una niña de cinco años? Los asistentes creyeron ver cierta precocidad o quizá una señal del futuro. Yo noté el paralelo entre Wilma y su hijo, una anécdota en espejo separada por una generación. Nos involucraba a Borges y ahora a mí ocupando el mismo rol. La evidente decadencia de una familia.

—Yo solo quería que Mr. Magoo me contara un cuento —dijo Wilma—. Estaba segura que era él.

—Yo, yo, yo verdaderamente no no entiendo el fútbol: veintidós personas detrás de una pelota. ¿P-p-por qué no se compran una para cada uno? ¿No... no es cierto?

—¡Así no hablaba Mr. Magoo!

—¡Así hablaba Borges! Lo estaba imitando a Borges.

La verdad es que aquel intento no fue más que una triste parodia de una rutina que de él hacía por TV un cómico muy conocido de mi infancia.

—Yeah, right. Keep trying!

La de aquella noche de Coyoacán fue una performance multitudinaria, continuó, todos en la habitación de la niña. Míster Magoo, después de un par de historias de *Las mil y una noches*, cerró la función con *The magic mirror* de Pu Songling, una trama de despechos y apariciones que la persiguió por años.

—¿Sabes lo que significa —rememoró con una mueca melancólica—, que se te aparezca Borges en los espejos de tu infancia?

—Los espejos tienen algo monstruoso —dije por lo bajo.

En silencio, tomamos vino tinto con hielo. Definitely Miami.

—La historia que le conté a Martin no tiene espejos.

—¿Y qué tiene?

—Un incendio. Un héroe inesperado. Y aromas bonitos.

EXT. MAC ARTHUR CAUSEWAY - NOCHE

Suena "Sabotage" de los Beastie Boys. Sonny acelera la Ferrari Spider y serpentea entre el tráfico pesado del art week. Llega a un embotellamiento épico. "Autopista del South Beach". Se detiene la música. Está ofuscado. Sale de su automóvil y echa a correr.

Reinicia la música. Corre entre los autos, desaforado, le tocan bocina a su paso.

EXT. ESTACIÓN DE POLICÍA - UN RATO MÁS TARDE

Sonny ingresa al edificio.

INT. ESTACIÓN DE POLICÍA - OFICINA DEL TENIENTE CASTILLO - A CONTINUACIÓN

Es tarde, todo el piso está desierto. Sonny ingresa corriendo a la oficina de Castillo. La puerta choca contra un fichero, la persiana americana se desprende y cae. El único encendido es el velador del escritorio y lo hace con intermitencia. El teniente, como siempre, da la espalda y mira el horizonte por la ventana. Sonny apoya la mano en su hombro y cuando este gira hacia él, tiene la cara del Dr. Fridman. Se interrumpe el track de los Beastie Boys.

INT. BOTE HOGAR DE SONNY CROCKETT - A CONTINUACIÓN

Sudado, agitado, Sonny despierta del mal sueño. Regresa el soundtrack de los Bestie Boys. Sonny sale a cubierta.

EXT. BOTE HOGAR DE SONNY CROCKETT - A CONTINUACIÓN

Navega mar adentro.

Observa el perfil de la ciudad desde el mar. Se quita la ropa y se zambulle en las aguas negras.

EXT. DAVID'S CAFE - AL DÍA SIGUIENTE

Castillo, Crockett y Rico desayunan. Tubbs recibe el pedido, reparte los pequeños shots de plástico y sirve el café.

> RICO TUBBS
> *Coladita para el amigo*
> *Crockett. Nothing better*
> *after a rough night.*

> LT. CASTILLO
> *Guys, it's ok. No todos los*
> *crímenes tienen que estar*
> *relacionados con tráfico de*
> *drogas. El protocolo nos obliga*
> *a derivar el caso a Homicidios.*

Castillo da cuenta de su coladita.

> SONNY CROCKETT
> *Lo sabemos. Solo pedimos 48*
> *horas. Necesitamos averiguar*
> *algo que nos permita mantener*
> *a este tipo bajo vigilancia.*

> LT. CASTILLO
> *¿Por qué? ¿Porque tiene*
> *tratos con Colombia?*

                    RICO TUBBS
Porque no huele bien.

                SONNY CROCKETT
*Teniente, vemos casos como
este todo el tiempo. Es la
ruta soñada Colombia-Miami
y Colombia-Europa. Además,
tenemos al vaquerito con su
propia aventura mexicana.*

                 LT. CASTILLO
*48 horas. No más. Y le
transferimos el caso
a Homicidios.*

INT. ESTACIÓN DE POLICÍA, SALA DE REUNIONES - MÁS
TARDE

Todo el equipo vuelve al pizarrón. Trudy, Gina, Stan,
Rico Tubbs y el psicólogo que mira el horizonte a
través de la persiana americana.

Stan trabaja en su laptop. Ampulosamente presiona
ENTER. Vemos los detalles de cuentas bancarias.

                    STAN
*Aquí tenemos los taxes de
Mr. Rocheteau de los últimos
10 años. Todavía no entiendo
por qué nuestros expertos en
lavado no se encargan de esto.*

TRUDY
Well, podrían. Pero no
llegarían para nuestro
deadline en dos días.

GINA
Aparentemente muchos pidieron
sus días off por el art week.

RICO TUBBS
Ahora todo el mundo se
viste fashionably loud y se
interesa por el arte. Pero
les recuerdo que yo soy el
flashy guy del lugar.

Rico, de pie, presume su colorido outfit. Y ríe.
Gina le sonríe pero intenta reencauzar la reunión.

GINA
Empecemos por el último año.

STAN
O-K. Su cuenta personal no
muestra mayor actividad. La
casa está paga, igual para
los autos. 5 tarjetas de
crédito, high limits, perfect
payment records.... Nada que
llame la atención en el top
10 de sus gastos... arte,
por supuesto... clínica de
fertilización asistida...

El Dr. sale de su trance.

> **DR. FRIDMAN**
> *Wait, what? ¿Tratamiento de*
> *fertilización asistida?*
> *¿Puedes verificar por*
> *cuánto tiempo?*

> **STAN**
> *¿Por qué?*

> **DR. FRIDMAN**
> (seco, casi una orden)
> *Hazlo. Por favor.*

Stan, un poco a regañadientes, busca en los records.

> **TRUDY**
> *¿En qué piensa, doctor?*

> **STAN**
> *Bueno, por más de 3 años*
> *han invertido un dineral en*
> *distintos tratamientos.*

> **DR. FRIDMAN**
> *Creo que ella ha estado*
> *demasiado "hormonal"*
> *últimamente...*

INT. CONVENTION CENTER MIAMI BEACH - UN RATO MÁS TARDE

Claire está otra vez mirando el mismo cuadro de Chema Casares. Se la ve desbordada, casi no se puede contener. Sonny Crockett asoma a su lado.

SONNY CROCKETT
Los 10 bastidores se encuentran
en un lugar seguro y no están
firmados por Casares. Claire,
tienes que confiar en mí. Si
alguna vez has querido dejar a
tu marido, ahora es el momento.

CLAIRE ROCHETEAU
No sé de qué hablas.

SONNY CROCKETT
Creemos que él mismo lo mato.
O contrató un sicario.

Una lágrima rueda por la mejilla de Claire.

SONNY CROCKET (CONT'D)
Sabemos que tú y Chema
tuvieron un affair o algo por
el estilo. Y sabemos que estaba
ofreciendo mercancía mexicana.

CLAIRE ROCHETEAU
Shut up. You have no idea.
Chema tenía la absurda idea
de que Jean Jacques era
un drug lord. Pensé que
estaba loco. Leía muchas
historias de detectives.

Claire implora tomándolo de la mano. Rompe a llorar.

CLAIRE ROCHETEAU (CONT'D)
Please, encuentra los
chips de su teléfono.

SONNY CROCKETT
¿A qué te refieres?

CLAIRE ROCHETEAU
Encuéntralos y entenderás.

Ella se acurruca en su pecho. Se siente protegida, contenida. Aunque todo esté por explotar, en ese momento, ella encuentra un refugio inesperado. A Sonny por su lado, le sucede algo similar. Esa hermosa mujer lo está abrazando. Por un momento pierde la cabeza, la rodea con sus brazos, se quedan en silencio un extraño momento.

Ella vuelve en sí, se miran. Sus rostros quedan a una distancia demasiado íntima.

SONNY CROCKETT
Los encontraré. Whatever it takes, te lo prometo, estarás a salvo.

140

Heart of Night

Will Ferrell achinaba sus ojos, contraía los labios. Había hallado el rictus y la risa nerviosa. Así, su imitación de George W Bush se dirigía a la nación durante el cold open de Saturday Night Live para tranquilizarla. No sobre el estado de salud del vicepresidente Cheney —dolores en el pecho para un veterano con problemas cardíacos—, sino para asegurarles que él seguiría allí por mucho tiempo, saludable, tomando decisiones difíciles twenty-four-seven, o sea, veinticuatro horas por semana, siete meses al año.

Llegué a la conclusión de que la mayoría de los comediantes americanos cuentan con una especie de zona de confort, una safety net con sus impersonations. Unas imitaciones a las que recurren en caso de emergencia como en una rutina de stand up donde nadie se ríe o en una audición. Ferrel interpretó a Bill Clinton en su intento por ingresar a Saturday Night Live. Y le salió horrible. Jimmy Fallon se presentó con una tríada sagrada de Seinfeld, Chris Rock y Adam Sandler, uno de sus ídolos. Seth Myers confió en las de Russel Crowe y Hugh Grant.

Sammy comentó que no se me daban las imitaciones. Me enfureció, no sé por qué. No estaba en mis planes presentarme a las audiciones del Executive Producer Lorne Michaels. Pero lo tomé como algo personal. Estudié a Ferrell y a otros. Deduje que desarrollan un par de recursos que los acercan al original, unos gestos, guiños incuestionables. Sobre eso construyen su acto. No importa parecerse, clonar la voz. Todo eso ocupa un lugar secundario. Los malos imitadores creen que esos guiños son el chiste. Y aburren.

El tema ocupó un lugar gigantesco aquel primer verano

de Miami, donde disponía de mucho tiempo libre. Gracias a las summer hours, el fin de semana empezaba el viernes. Aquellos meses los pasé en un casi completo estado de aislamiento recostado en mi futón, frente a mi flamante treinta y dos pulgadas poniéndome al día con la televisión estadounidense. A puro rerun de sitcoms y contenidos icónicos. No toleraba el calor, ni siquiera en la playa.

Salía a trabajar, a leer en el bar *A la folié*, al cine, y volvía ligero a mi living. Había encontrado un espacioso one-bedroom en Meridian Avenue, la calle más arbolada de South Beach. A ocho cuadras de *MTV*, a cuatro del mar.

Con las últimas migajas del cheque de los tres ceros, volé a New York, donde subí a todos los rescacielos posibles, pasé por el *Café Carlyle* donde tocaba Woody Allen —pero sin el dress code ni en el día indicados—. A *Saturday Night Live* le erré por meses. Después de aterrizar el sábado en un evento del *MoMA PS1* decidí que mi lugar en el mundo sería Brooklyn. Más tarde ese día, caminé solo y sin rumbo por horas. Me sentía afortunado. Después de todo, reflexionaba, estaba vivo, en New York y era saturday night.

The Rising Sun of Death

—Güey, es chistoso que tú y yo hayamos tenido que hacer esta pinche transformación en el sentido inverso. Cuando me tocó preparar el rol del psicólogo tuve que adoptar un perfil cubano americano, borrando mis raíces mexicanas. Y a ti, es ahí donde *MTV* te está llevando sin escalas.

—Órale —practiqué a destiempo.

Martin empujó la puerta herrumbrada de la cueva. Se lo notaba sonriente pero en el camino hacia su padre cambió el gesto por uno de dolor.

—¿Qué pasa, Martin?

—Una roca en mis tenis.

—Martin, roca en español es una piedra muy grande.

—Órale, pues tengo una roquita then.

Sammy me buscó con su mirada.

—Hay un glitch, man. Entre el español y el inglés. ¿Cómo hago?

—Tendrás que hablar Spanglitch. El Spanglitch de Miami: sin doblaje, sin subtítulos, sin itálicas.

"This is the biggest take down in the anals of crime" intercedió Izzy Moreno —desde un VHS— como si fuera uno más del equipo.

"Anal" siempre me conecta con Freud. Sorbito de mezcal.

—Boludo: Izzy es el ELLO del psicoanálisis en este universo. Porque no parece tener límites para el deseo. Lo que quiere, lo expresa sin complejos y lo toma.

Sammy achinó los ojos.

—En el otro extremo se encuentra Castillo, el SUPERYÓ. El deber en estado puro. Siempre hace lo correcto. Incluso cuando decapita siete narcos con un solo brazo y la espada bushido hace lo correcto. En el medio está el YO, Sonny

Crockett, la neurosis del pobre Sonny que busca encontrar un equilibrio entre el deber, la realidad, las tentaciones a que lo somete su alter ego, Burnett. Todo gira alrededor de Sonny Crockett. Todos somos Crockett.

—¿Qué pasa con Rico? ¿También es Crockett?

De fondo, Sonny aceleraba su *Ferrari* Spider.

—Aquí Rico es más secundario de lo que debería. Menos humano, está en los suburbios de Castillo hasta que la temporada le regala su momento de protagonismo y vienen los conflictos entre el deber y el deseo. Como a todos los demás, se les permite ser Crockett un ratito y mostrar su YO.

Sammy eructó. Me di cuenta de que habíamos dispensado demasiado tiempo a Freud para el estado etílico en el que nos encontrábamos. En todo caso, estábamos mucho más cerca de la interpretación de los sueños que otra cosa.

A la mañana siguiente, estalló la puerta cada vez más desencajada de la cueva. Sammy, seguido por su mujer, nunca repararon en las bisagras destrozadas. Irrumpían con el espanto del que tiene la muerte anclada en el rostro.

—¿Qué hora es? —balbuceé.

—Güey, tienes que ver esto —encendió la TV—, las *Twin Towers*. Un pendejo se incrustó con un avión.

—¿En serio? —Y a Wilma—. ¿Qué hora es?

—Las nueve —me respondió sin quitar la mirada horrorizada del *World Trade Center*.

Todo el mundo comentó por meses la alienación de mirar en vivo la realidad como si fuese una película. Aquello no podía ser verdad. Veíamos la negra nube de humo elevarse del mismo lugar que había visitado unas semanas atrás.

Como guionado, con el timing preciso que solo tienen las malas noticias, mientras procesábamos en silencio los alcances de este acontecimiento crucial de nuestras vidas, a las 9:03 del 11 de septiembre de 2001, a solo cuatro meses de mi arribo, el vuelo 175 de *United* embistió la Torre Sur.

Asistimos en silencio a un pavoroso espectáculo de

destrucción y muerte. Hasta que Wilma se quebró, rompió en llanto y se refugió en los brazos de Sammy. Yo no podía quitar la atención del absurdo espectáculo. Sentí sus uñas en mi antebrazo y un tironeo que ofrecía o rogaba contención. Calorcito. Hay sucesos que diluyen los bordes de lo esperable. El nine-eleven persiste como un recuerdo agridulce compuesto de pánico, el aroma nítido de su piel y el hechizo frágil de sus lágrimas.

NEUROSIS MIAMI | Gastón Virkel

Home Invaders

—Están locos. ¿Nos ataca el islamismo radical y ustedes quieren ir a un templo judío?

Llevaba un puñado de meses en Miami intentando adaptarme a una nueva ciudad cuando me di cuenta de que el desafío entonces sería mayor: debía adaptarme a todo un nuevo mundo. La retaliation se gestaba sin demoras pero según Sammy se notaba algo distinto. No era la primera guerra en la que entraríamos, decía, pero se trataba de la primera vez que podría suceder en suelo americano. Los atentados lo habían dejado muy claro.

—Quiero que esto se termine de una vez —imploró Wilma.

Nos quedamos en silencio. Solo la televisión de fondo, que se dejaba encendida sin pausa. George W Bush hablaba y hablaba, discursos vacíos, escritos para ser repetidos como una marioneta. La impersonation de Will Ferrell en *Saturday Night Live* jugueteaba con la extendida creencia de que el vice Dick Cheney manejaba esas cuerdas. W hacía constantes esfuerzos para asemejarse cada vez más a su parodia. ¿En qué manos se resguardaba el futuro del planeta? Al tiempo aparecieron unas imágenes del preciso momento en que le informan que un segundo avión se había estrellado contra las torres, el que vimos en tiempo real en la cueva. ¡Su carita! Se encontraba en una escuela primaria de Florida oyendo a los alumnos recitar el libro *The pet goat*, casualmente una historia donde una cabrita salva la casa de un intruso. Algo que en ese momento, él estaba a años luz de poner en práctica.

Los conductores de *NBC 6* empalmaron la noticia con el comunicado de prensa de la Casa Blanca saludando a la comunidad judía por Rosh Hashaná. Wilma sonrió.

Qué mejor manera de que esto termine de una vez que un "reiniciar" en año nuevo.

—Hell, yes.

—Están locos. Nos ataca el islamismo radical y ustedes quieren ir a un templo judío. ¡No mamen! —dijo Sammy y se marchó a ahogar las certidumbres junto al gusano del mezcal.

Caminamos las pocas cuadras que nos separaban de la *Cuban Hebrew Congregation of Miami*, en Lenox y la diecisiete, un edificio que veía cada día desde la oficina de *MTV* pero al que nunca antes me había acercado. Como treinta años atrás junto a sus padres, Wilma acudía a una sinagoga en busca de un futuro mejor. Consideró además que se le ofrecía una inesperada oportunidad para que Martin conociera un templo y tomara contacto con la fe de sus padres. Compartíamos una relación muy similar con el judaísmo: una identificación más cultural y de tradiciones que religiosa.

Nos detuvimos frente a la fachada del ala oeste, la del *Olemberg Ballroom*, un edificio de cuatro pisos con doce aberturas geomórficas irregulares. Wilma y yo nos miramos. Ella liberó una carcajada: el templo se llamaba Beth Shmuel, la casa de Samuel.

El servicio se llevó a cabo en inglés y en hebreo. El Rabino nos pidió a todos recitar el Kadish de Duelo. Porque los muertos del nine eleven pertenecían a cada uno de nosotros. Muchos fieles lagrimearon. Martin se puso inquieto y lo contuve con la promesa del Shofar, el cuerno de carnero que iba a sonar como algo distinto a todo. Funcionó.

Mientras nos deseábamos unos a otros ser inscriptos en el libro de la vida, nos invitaron a regresar a "El círculo", tal como llamaban a su congregación. Todas las familias judías eran bienvenidas, sobre todo las jóvenes que necesitaban contención en momentos de incertidumbre como aquel. Wilma y yo volvimos a mirarnos y a sonreír. Cuando uno sufre ataques letales, qué mejor lugar para refugiarse que con un grupo de cubanos que en una sola vida ya escapó de Hitler y de la revolución de Fidel Castro.

Volvíamos a la casa con Martin dormido en mis brazos. Wilma me agradeció por acompañarla, me besó en la mejilla. Me relajé por primera vez en varios días. Necesitaba un break de tanto New York, neurosis y judaísmo.

Heroes of the Revolution

—No, ya sé: Izzy Moreno es Woody Allen —dije con la certeza de estar cambiando el mundo—. El Woody latino.

Wilma y Sammy se miraron con estupor. Como si guardaran otro secreto feroz bajo la alfombra polvorienta del garage-guarida. Hubo un silencio incómodo.

—Ok, cambiando de tema —dijo ella.

—Los anteojos, la neurosis, la hiperkinesia —inició Sammy el recuento—, el lugar desde donde ven el mundo.

—¿Izzy también se casó con su hija adoptiva? —Nos liquidó Wilma—. Me parece que Izzy no le hace sombra.

Lo primero que pensé fue en que debía buscar una

nueva película favorita de todos los tiempos. Polanski, irremediablemente, llevaría a *Chinatown* a la misma bolsa.

—Qué cagada —traté de encauzar la charla—, porque siempre te abre la posibilidad de hablar de cine, de psicopatologías y de por qué mierda los gringos no lo valoran.

Sammy se apuró a llenar los shots de mezcal. Wilma, sentada en el suelo, aireaba una copa de *Luigi Bosca*. Yo estaba dispuesto a mezclar como nunca antes.

—Elijo patologías: el abusador —insistió desafiante parapetada detrás su mechón más sexy—. O cine: el inmenso e incomprendido talento... de un hijo de su chingada madre. Y su chingada hija.

Sammy y yo quedamos en silencio.

—¿No tienen un cineasta que no sea incestuoso?

—Milcho.

—Milcho who?

—Milcho Manchevski.

Les conté la experiencia fundacional de mi simulacro.

La vez que asistí, junto a mis amigos, a una función de
Antes de la lluvia. Venerábamos el cine que venía de lugares
exóticos, que se tomaba los tiempos que Hollywood elipsaba,
justo cuando cayó este tipo de por ahí. De los rezagos de
la República Yugoslava del mariscal Tito. Una llamativa
fusión de guiños, enigmas, genocidios y futbolistas de elite.

Fuimos a un cine cerca de Santa Fe y Callao, una zona
de Buenos Aires extremadamente alejada de todas las que
frecuentábamos. ¿Por qué retengo la sala a la que asistimos?
Cuando un recuerdo perdura en el tiempo, otros pequeños
detalles se afianzan en los bordes con garras de jaguar. No
estaba descubriendo ninguna gema perdida. *Antes de la
lluvia* había sido candidata al *Oscar* en lengua extranjera,
fue película del año en varios festivales, entre ellos el de
Buenos Aires.

La estructura narrativa del film no es cronológica.
Está dividida en tres partes. El comienzo de la narración
corresponde en realidad al final de la historia. En el último

de los actos, uno comprende que ya vio el final, resignifica la historia, la rearma mentalmente. Sin embargo, existe un detalle, un juego mental que quedó fijado en mi recuerdo emotivo. Rade Serbedzija interpreta a un fotógrafo macedonio que vive en Londres y que revela unos negativos. En el preciso momento en el que el espectador reordena la línea de tiempo, brinca indómito un detalle: la fotografía en la que trabaja en el cuarto oscuro pertenece cronológicamente a un momento posterior. Lo primero que pensé: error de continuidad. Luego me dije que no podía ser. Era un error conceptual mucho más grave. Milcho, ¿cómo se te pasó tamaña burrada? La película avanzaba pero yo seguía fijado al error. A la falta.

El fotógrafo toma de la mano a su amante —Katrin Cartlidge—, cruzan la calle y, tras ellos, la vi. Debe haber ayudado que la toma dura unos cuarenta y ocho cuadros de más. Pero ahí estaba. La respuesta de Milcho, la continuación del diálogo entre el director y un joven aspirante a escritor y guionista. "Circle is not round" graffiteado en un muro londinense. Los subtítulos lo tradujeron como "El círculo nunca es perfecto".

—Quería sentarme a escribir en ese momento, sin pausas. Volví a casa en el colectivo trazando el plan que me llevaría a convertirme en el Milcho Manchevski argentino.

—Tenemos que verla —dijo ella y yo comencé a llorar. Parecía un arranque de melancolía pero yo sabía que había elegido presumir de una buena historia a compartir la experiencia con ellos y que cada uno cerrara su propio círculo.

Little Miss Dangerous

Miami Vice y el mundo entero exhibían las costuras con que estaban hechos, podíamos desarmarlos y reconstruirlos cada viernes gracias al agüita que nos hacía hablar. Una noche hablamos de escritorios. Sammy me había contado el primer día el input de Edward James Olmos para su personaje del teniente Castillo: nada de nada. Pero luego descubrimos la obsesión recurrente de Sonny: I'm gonna clear my desk of all other cases and make your life a living hell. Es una amenaza latente para todos los sospechosos o soplones pero que nunca se cumple. ¿Qué les está diciendo? Que si no sueltan el nombre del narco, va a dejar de ser ese hoarder de la ley para convertirse en Castillo, un superhéroe inexpugnable y paperless. Un superyó. Crockett vive en ese simulacro de Burnett cuando está en la calle pero su inconsciente lo atormenta con la perfección imposible del teniente Castillo.

En otra sesión filosofamos acerca de lo que representaba a Miami en esa época y armamos una lista de tomas para la nueva apertura del show. Hablamos de hipocresía hasta las seis de la mañana a partir de darnos cuenta que no se podía putear en televisión abierta.

—Un pinche curse interruptus: te ametrallan unos hijos de la chingada y uno no puede ni mentarles la madre.

Llegamos a la conclusión de que Sonny, Rico y cualquier poli en el Miami de nuestra historia debía, sí o sí, hablar español. Tendría que manejar sutilezas lingüísticas que ni nosotros entendíamos.

Repasamos el lineup de los músicos ochenteros que despuntaron en el show el vicio de la actuación: Frank Zappa, Phil Collins, Little Richards, Miles Davis, Leonard

Cohen, Willie Colon, James Brown, Sheena Easton, Gene Simmons, Willie Nelson.

Me enteré de que *Miami Vice* fue la primera serie que usó música de los charts, los primeros que editaron en base a un track. ¿No eran acaso, los *MTV* cops? Antes de Michael Mann, un editor dejaba la escena lista y entraba un pobre tipo a ponerle música como pudiera.

Gozamos con el Spanglish en su estado natural. Embrionario. En el episodio *A Bullet For Crockett* de la temporada cuatro, Sonny pelea por su vida. Izzy lo visita en el hospital: "Don't give up la lucha. La lucha, man, la lucha". O "Your little brother es muy macho on the cancha" de Jai Alai (temporada tres, episodio *Killshot*). Retrocedimos la cinta de la temporada dos, episodio *Sons And Lovers*, solo para repetir y repetir "—Lalo, qué pasa, man?", "—Don't 'qué pasa' me: people are dying!".

Discutimos la vez que opiné que la serie era naif, que se había convertido en algo superficial donde destacaba más cómo vestían que la manera en que resolvían los casos. Que la esencia no seguía un devenir procedural. Tuve así el honor de escuchar por primera vez el largo y apasionado speech del licenciado Aizemberg sobre el legado de *Miami Vice* más allá de lo estético. Pasaba sin escalas del film noir al concepto de identidad, redención, paranoia del policía encubierto, crítica a la Administración Reagan y a la violencia de su política exterior, Contras, inmigración, Cuba, Haití, Vietnam, corrupción en todas las esferas, la traición del corporate America, posmodernismo y la chingada.

Puteamos y le mentamos el fuck-you-finger al pinche Sonny en el episodio *Miami Squeeze* de la quinta temporada cuando lo obligan a hacer varias sesiones de terapia. "I'm a junkie to the streets, hooked to the action". En el caso Sonny C, me sorprendí metido en una catarata de insultos en mexicano.

Llegamos a preguntarnos por qué no existió *The Martin Ferrero Show*. Para la cuarta temporada, ya habían explorado argumentos de todos los colores. Michael Mann se había marchado. El show se caía a pedazos. Fue el comienzo de lo bizarro. En el episodio *The Big Thaw*, hay una clase tan absurda como magistral de Martin Ferrero en su papel de Isadore Francisco "Izzy" Moreno: "Are you impugning my impressariosness? My showmanship?". En *Too Much, Too Late*, el series finale de *Miami Vice*, aclara que "Esto es un tango... and also financial advice". Recuerdo haber pensado que sería un gran epígrafe para abrir una novela de un argentino en Miami. Si es que algún día fuera capaz de reunir las voluntades.

Entendí la relación de los mexicanos con la muerte cuando presencié el silencio que rodeaba a la escena favorita de Sammy: el brutal asesinato de Zito. Si no era su favorita, por lo menos fue la que más veces reprodujimos. Con el torso desnudo, bajo la ducha del gimnasio de box, con una jeringa clavada en el brazo. Stan, su partner in crime-solving, lo encuentra cuando ya no puede hacer nada, y lo abraza bajo el agua y la luz cenital. Sammy terminaba siempre de rodillas frente a la pantalla como un niño frente a los dibujos animados. Una noche sentí los dos llantos unirse, el de Sammy y el de Stan en una sincronía perfecta.

Wilma rara vez se nos unía pero me confesó durante una sesión que por primera vez le veía al agujero negro una oportunidad. Dos pinches imbéciles pero con un deadline.

—Qué pinche viernes tan jodido, aquí metida con dos pendejos —dijo más tarde esa misma noche—, me voy a bailar.

Reí exagerado, Rico Style.

—¿Qué pasa? ¿No puedo ir a bailar?

—Claro que podés. ¿Estamos invitados? —sugerí inocente. Pensaba que me faltaba por conocer mucho Miami.

—¿Desde cuándo bailan los escritores?

Yo balbuceaba incoherencias. Lo miré a Sammy de reojo: saboreaba la última gota de su mezcal, o de aquella botella de mezcal y se sumergía en un mundo propio e impenetrable.

—Me voy a cambiar —dijo Wilma y me extendió su mano. La ayudé a ponerse de pie. Nos miramos demasiado sin saber por qué.

Cuando dijo "me voy a cambiar" lo dijo en serio. Al rato, regresó cambiada. Pero por otra persona. Nunca desde que la conocí, la había visto con make up y tacones. Lucía muchísimo más joven. Irradiaba algo infinito. Y Sammy padecía a mil años luz.

Wilma apoyó un par de lustrosos zapatos de hombre junto a los míos y dejó, con la gracia del torero, una camisa polémica que clonaba mi pose. Recién ahí comprendí que la invitación era solo para mí.

—Vístete —ordenó mientras se colocaba un arete inmenso, la única pista de la Wilma de siempre—, el taxi viene en cinco minutos.

Me vestí de Sammy, que se había refugiado en su colección de vinilos, donde pasó un buen rato en la búsqueda de un maridaje perfecto para su estado de ánimo. Todo me parecía raro pero decidí ignorar los prejuicios que me hablaban a coro. Una de las maravillas de emigrar por decisión propia consiste en poner a prueba todo, absolutamente todo lo que estás acostumbrado a hacer. Y volver a elegirlo. O no. Derrumbar costumbres resulta liberador.

Sammy se había inclinado por José José. Lo último que oímos antes de subir al taxi, me llegó como lamento:

Pobre tonto, ingenuo charlatán
Que fui paloma por querer ser gavilán
Amiga
Hay que ver cómo es el amor
Que vuelve a quien lo toma
Gavilán o paloma.

—¿Dónde vamos?

Sin mirarme, Wilma apenas podía contener su risa. Casi no hablamos en todo el viaje al Downtown. Llegamos a

Club Space. Había oído hablar muchas veces de esta disco que ocupaba un lugar relevante en mi To-do-list de la adaptación. Ingresamos sin respetar la fila, ella saludó a dos de los bouncers por su nombre. ¿De dónde había salido esa mujer?

—¿Querés un champagne? —pregunté un poco presumido. Wilma ni me contestó. Me tomó de la mano y me llevó a la pista. Tocaba Sander Kleinenberg, un nombre que sonaba como uno de los viejos del Club *Macabi* donde me llevaban de chico, pero se trataba en realidad uno de sus DJs favoritos.

Llevábamos veinte minutos casi sin hablarnos.

—Voy al tocador —susurró y me electricé. La contemplé alejarse en cámara lenta. Salí tras ella, me sentía incapaz de quedarme solo en la pista. La perseguí sin que lo advirtiera hasta la interminable fila del baño de damas. Wilma no la respetó. A los pocos minutos, volvía a la pista cuando se cruzó con un tipo bronceado South Beach, gel, camisa oscura abierta al pecho, cadena dorada. Hablaron unos segundos y se marcharon. Fui tras ellos. Se refugiaron en un pasillo donde ella buscó algo en su bolso. Él le dejó algo en la palma de la mano. Ella se marchó pero él la retuvo sin soltarle la mano de la transacción. La atrajo bruscamente y la abrazó. Se miraron, ella tomó su rostro con ambas manos y lo besó. Aquella Amazona bien podía haberse cogido a Don Johnson. El beso duró lo que tardaron en derrumbarse todos mis prejuicios.

Regresé a la pista antes de que me viera.

—¿Me compras un agua?

Wilma me ofreció su mano. Nos acercamos a la barra. Los bartenders suelen ignorarme. Estar acompañado de una mujer llamativa lo hacía un desafío imposible. Pero apareció de la nada una bartender con el pelo de un *Pantone* muy parecido al de Wilma. Dos clones. Se miraron. En un instante, tenía las dos aguas y una marea strawberyblondiana me arrastraba al centro de la pista. Nos detuvimos donde ella lo dispuso, como si intuyera que allí había petróleo. Kleinenberg desaceleraba la música hasta acallarla. La gente cerraba los ojos y se movía apenas, aguardando el subidón. El silencio sincronizó con la llegada de la abeja reina. La sirena anunció el clímax. Mientras la gente extasiada saltaba y gritaba eufórica, Wilma, a una velocidad a contramano del mundo que nos rodeaba, tomó de su brasier una pastilla y la plantó en mi lengua. Temeroso, quise ver qué me estaba metiendo. Como si a simple vista pudiera descifrar su composición química. Ella me la quitó, la depositó en su lengua, me sujetó el rostro con ambas manos y me besó. Arrebató mi agua y bebió un sorbo. Luego me dio de beber. Y me volvió a besar.

Esa noche conocí el éxtasis, conocí a Wilma. Tuve la peligrosa certeza de que ya no podría vivir sin ellos.

Definitely Miami

Lista de imágenes para los nuevos créditos de apertura de *Miami Vice*

Cielo entre las palmeras (réplica de la apertura 1985/89)

Estampida de flamencos (réplica de la apertura 1985/89)

Vuelo cada vez más rasante sobre el mar (réplica de la apertura 1985/89)

La acrobacia de la windsurfer para mojarse el pelo (réplica de la apertura 1985/89)

Senos turgentes e inquietos (réplica pero ahora bailan reguetón)

Golpe de derecha en el Jai Alai (réplica de la apertura 1985/89)

Calle 8 / *Balls & Chains* / *Tower Theater*

Valet parking con solo *Ferraris, Lamborghinis*, etc.

Desfile de Halloween en Lincoln Road

Playas de South Beach

Dos papagayos hacen una "coreografía" (réplica de la apertura 1985/89)

Carreras de galgos (réplica de la apertura 1985/89)

Dos mujeres caminan por Ocean Drive (réplica de la apertura 1985/89)

Motos de agua en el puerto o la bahía de Biscayne

El Downtown de noche

Graffitis de Shepard Fairey en las Wynwood Walls

Ultra Music Festival en Downtown Miami

Partido del Miami Heat / Parade del campeonato TBC

Mitchell Kaplan en su *Books and Books* de Coral Gables

Barcos en el banco de arena de Surfside

Fiesta en un yate de lujo

Cruceros rumbo a mar abierto

Yoga en la playa

Sábado en *Space*

Domingo en *Nikki Beach*

Strippers de *Madonna* o *Solid Gold*

Beso de telenovela con Carlos Ponce

Caimán en campo de golf

Robert "Raven" Kraft (el runner de Miami Beach)

Padrón con Vargas Llosa en la *Miami International Book Fair*

Liv Ullman en el *Miami Film Festival*

Dos hombres caminan de la mano en Lincoln Road

Art Basel en el Convention Center

Line of Fire

Odio a los suecos por varios motivos. Uno de ellos, el mundial Corea-Japón 2002. La primera copa del mundo que vi "de visitante". Mi amigo Juan se había mudado junto a un roomate también argentino a una casa enorme —para los standards de South Beach—, que se había convertido en los headquarters del grupo. No existía otra propiedad que pudiera hospedarnos cuando el plan era multitudinario. En junio de aquel año compraron un flat screen para ver los partidos casi a escala 1:1. Argentina llegaba con chapa de candidato después de haber arrasado las eliminatorias sudamericanas, con un juego agresivo y vistoso.

El living de los roomies se llenó de amigos,

latinoamericanos en su mayoría. Anhelaban vivir el mundial desde el punto de vista de la pasión argentina aunque fuéramos unos pedantes conchasumare que confiábamos en ganar caminando. Pero shit happens. Y en ese torneo nos cagó en la cabeza un tiranosaurio. Lo más doloroso fue ver cómo nuestros amigos le iban a Nigeria, a Inglaterra, a Suecia. Llegamos al tercer encuentro con la necesidad de ganarle a los escandinavos para acceder a la siguiente ronda. Parecía doable: los suecos eran de madera. Pero el partido salió trabado, Argentina no encontraba el juego que solía desplegar rumbo a la copa. Y a los cincuenta y seis minutos de partido, un tal Svensson nos clavó un tiro libre como si fuera Ronaldinho. Después empatamos pero no alcanzó. Ese fue el último mundial que presencié en compañía de mis hermanos latinoamericanos.

Cuando era chico, mi madre calzaba unas plataformas de madera *Dr. Scholl*. Cada vez que mis hermanos y yo nos portábamos mal, volaba el correctivo hacia nuestra conciencia pero haciendo una escala en el cuerpo. Ella lo llamaba "el método zueco de educación". Y en ese mundial de mierda, le vi las costuras al guion cuando ese sueco de madera vino a corregir la soberbia del conchasumare que ya se creía campeón. Más allá de la agitación mundialista, el fútbol me atrajo siempre. De chico lo practicaba, de grande lo consumía por todos los medios posibles. La previa, el partido, los comentarios del partido. En aquella época podía ver Getafe-Osasuna en vivo sin la impresión culpógena de perder el tiempo. Empezaba a seguir el futbol mexicano, una liga completamente ignorada en Argentina, donde solo es percibida como un desvío mercantil del gran sueño sudamericano de conquistar Europa. Me causaban gracia las denominaciones de los equipos — inspirados en las franquicias de Estados Unidos—, aunque admiraba su épica. El rebaño sagrado, los hidrorayos, los potros de hierro, gallos blancos, tiburones rojos.

Con toda naturalidad cruzaba Meridian Avenue para acompañar a Sammy durante los soccer camps a los que le tocaba llevar a Martin. Cuando le propuse a Martin que se probara como defensor, cambié su perspectiva del juego. Diría que lo convertí en un juego en lugar de una actividad a la que se sentía obligado a asistir para complacer a su madre. Cualquiera que sigue a diario las epifanías de los periodistas de *ESPN* sabe que resulta más sencillo destruir que construir. Para un futbolista tan incipiente, convertirse en una pieza importante del equipo puede manifestarse como algo revolucionario. Lo fue para el chico. También para Wilma que valoró —como cualquier madre—, que alguien provocara un efecto deseado en su hijo.

Le compré la playera de Rafa Márquez y la camiseta de Messi. La temporada siguiente me encargué de llevarlo al soccer camp, de entrenarlo para que se conviertiera en un zaguero implacable. Hice horas extras para que pronunciara "fútbol" en lugar de "soccer" y especialmente en lugar de "futbol" (a la mexicana, con el acento en la O). A Sammy le valió madres el detalle. Odiaba el soccer, el fútbol y el futbol.

Cuando teníamos siete u ocho años, los futbolistas de fin de semana asegurábamos contar con el nivel suficiente para formar parte del equipo representativo del club. Las pruebas no revestían demasiado rigor, el objetivo consistía más en armar un grupo perseverante que una escuadra imbatible. Todos quedamos en el plantel pero no teníamos la misma participación. Yo no había pegado el estirón y me costaba entrar en los partidos. El grupo seguía creciendo, se complicaba hasta ser parte de los entrenamientos. La frustración aumentaba, consideré la renuncia pero mis amigos seguían allí. Hasta que un partido lo cambió todo. Se trataba de una práctica donde nos enfrentaron a la división superior. Me sacaban hasta tres años y en algunos casos un par de cabezas. Ingresé sobre el final, como mediocampista de contención, un puesto alejado de las dotes de volante creativo con las que creía contar. Pero fui su pesadilla, aniquilé gran parte de los intentos ofensivos que pasaban por mi zona del campo. Hasta ese entonces yo me sentía como Homero

Simpson, un mero empleado del sector 7G. Aquella tarde, el entrenador aplaudía cada una de mis intervenciones. No solo obtuve mi lugar en su mapa de talento disponible, también me bautizó como "el killer". Mario "el colorado" Killer — que había jugado en la selección—, estaba en conversaciones para pasar a Independiente de Avellaneda, el club con el que el entrenador simpatizaba. En secreto, yo detestaba el apodo —que obedecía solo a la correlación en el color del pelo— primero porque no me representaba pero sobre todo porque me relegaba, en el imaginario del balompié, al rol de marcador de punta izquierdo. Al año siguiente, cuando se reorganizaron los planteles y mi año de nacimiento me dejó como uno de los "más grandes" del equipo, salí de titular todo el torneo. Así comenzó la humilde leyenda del colorado killer, el hitman argentino.

Anhelaba transferir ese instinto asesino a Martin, más que nada para impresionar a su madre. El camino a su corazón estaría manchado por la sangre del psicólogo de *Miami Vice* y la de las piernas de los rivales de su pequeño y aguerrido defensor central. Sin ningún tipo de conflicto, me convertí en el responsable de todas las actividades futbolísticas de Martin. Y le compré unos botines *PUMA* como los que me hubiera gustado tener de chico, cuando pateba todo el día en las canchitas de un club judío del otro lado del mundo.

Rites of Passage

Cuando se disiparon los humos del mundial y se acalló la batucada del campeón, apareció en el horizonte de la compañía un desafío macabro: en octubre tendrían lugar los primeros *MTV Video Music Awards Latin America* en el *Jackie Gleason Theater* de Miami Beach. Que no era otra cosa que adaptar el exitoso formato del *MTV* de USA y replicarlo para Latinoamérica. ¿Donde residía lo macabro? Presupuesto *MTV VMA's*: veinte millones de dólares. Presupuesto de la versión latina: solo dos millones. Para hacerle frente a tamaña responsabilidad, desembarcaron varios productores con reputación en grandes ligas que aportaron experiencia, know how y un botiquín sin fondo.

Para el guion del evento, se reunió un dream team de escritores en el que yo no me encontraba. No tenía idea de qué se trataba echarse un show como ese pero estaba convencido de que aquella experiencia me abriría otras puertas y así fue. Además de participar de los premios de *MTV* por varios años, pasé luego a escribir otros award shows de música, de cine y televisión.

Pero aquella primera vez, el sindicato de redactores de la marca (que se reducía solo a mi persona) se presentó en los despachos de los responsables para ofrecer sus servicios. El pitch: no existe mejor escritor para este show de *MTV* que quien escribe para *MTV* todo el año. A regañadientes, pasé a conformar el equipo, un rol que consiste en desarrollar durante meses un speculative show a años luz del verdadero, el que se escribe los últimos tres días cuando ya se viene el evento encima, se confirman los presentadores que subirán a escena y donde la urgencia facilita las aprobaciones. La función principal de este simulacro anticipado de show no es otro que el de contener la ansiedad de los productores generales y acompañar sus ansiolíticos.

A la cabeza de nuestro equipo habían dispuesto a dos gringos con una vastísima experiencia en este tipo de proyectos y unos huevos térmicos que no se hinchaban como los míos. Fue un posgrado intenso donde aprendí de su oficio tanto como del manejo de la frustración. Sufríamos por la misma naturaleza del evento, porque todos funcionaban de la misma manera. En ellos encontré además el voto de confianza que no tenía de la productora general freelance ni del mismísimo vicepresidente de la compañía para el que trabajaba todo el año. Las presentaciones tenían lugar en inglés y muchas veces había que explicar el chiste o el background cultural que le daba sentido al texto. La mujer solía repetir "It's hilarious" como una muletilla de compromiso que nos garantizaba que aquella idea brillante que había que explicar jamás llegaría al script final.

Los días se alargaban. Nos acostábamos cada vez más

tarde. Crecían la frustración y el estrés. Aún así, recuerdo el final del show como uno de los momentos más energéticos de mi carrera. Cuando Kinky y Paulina Rubio tocaban *I was made for lovin' you* de Kiss, la tensión se descomprimió y la sensación de deber cumplido llegaba con un timing incomprensible. ¿Cómo fue que pasamos del para-qué-mierda-me-metí-en-esto al mission-accomplished en diez segundos? No lo sé. Pero debe haber ayudado que empezaba recién a entender el monstruo al que habíamos estado tocándole los huevos.

Diego Luna, Carlos Santana, Soda Stereo, Beastie Boys, Black Eyed Peas, Café Tacvba, Juanes, Shakira, Julieta Venegas, Molotov, System of a Down... todos pasaron a mi lado. Con ninguno me tomé una foto. Ni en aquella edición, ni en las que le siguieron, ni en los otros award shows que escribí. Con una sola excepción: una que me tomaron en unos *Hispanic Heritage Awards* con Edward James Olmos.

Shadow in the Dark

El teléfono me despertó una noche, cerca de las tres de la madrugada. A cinco mil millas de la casa de mis padres, preocupación y culpa se despabilan a la misma vez. Temí lo peor.

—Güey, soy yo. Necesito que me pagues la fianza.

—¿Qué pasó?

—Y que le inventes algo a Wilma. Ya sácame de aquí, cabrón.

A quien no le ha pasado mucho en la vida, muy probablemente no tenga la más remota idea de cómo sacar a un amigo de la cárcel. Di con el número de un abogado. Me explicó que debía esperar a que postearan el arresto y recién ahí podría pagar la fianza. Ellos se encargarían del resto.

Me dio tiempo a pensar qué le diría a Wilma. Llegué a la conclusión de que lo mejor sería que se nos había hecho tarde avanzando en el script de *Miami Vice*, Sammy se había pasado de mezcal y por eso era yo quien le estaba avisando. Que se quedara tranquila.

—Pinche loco. Qué bueno que ahora te llame a ti. Solo avísame si se está muriendo.

Destiló ácido y colgó.

Pasadas las nueve de la mañana, los desechos de Sammy salieron a paso lento del *Turner Guilford Knight Correctional Center*, cerca del aeropuerto. Traía la bolsita con sus pertenencias, aún lucía el calzado de recluso. Tenía un párpado hinchado y un corte en la comisura de sus labios. Recordé el mug shot de Nick Nolte: la foto de su arresto que se transformó en la más conocida del actor. Bueno pues mi carnalito lucía mucho peor. Muchísimo peor.

—¿Qué pasó?

NEUROSIS MIAMI | Gastón Virkel

Elevó los hombros. Se dirigió a un cesto de basura donde arrojó el calzado y volvió a sus *Birkenstocks*.

—¿Qué le dijiste a Wilma?

—Wilma sabe dónde estamos.

—Pinche vieja.

Entre la fianza y los taxis mi cuenta bancaria exploraría pronto los bajos fondos.

—Little Haiti, please —instruyó al chofer.

—¿A dónde?

Lo único que Sammy recordaba de aquella noche tenía que ver con una camarera bonita y una pelea. Fue todo lo que me dijo antes de dormirse como un oso. Lo zarandeé pasando el Design District. Sammy dio un par de indicaciones y llegamos a *Churchill's* en la Second Avenue y la esquina de la 55. De casualidad dimos con Dave, el dueño que lo miró y dijo "oh", frunciendo todo lo que pudo. Nos pidió que esperáramos en la puerta y volvió con las llaves del *Cadillac* y una tarjeta de crédito. Le rogué que me contara qué había sucedido mientras Sammy operaba para que huyéramos sin retrasos. Dave cambió la predisposición. Advirtió que su relato humillaría al tremendo asshole que le había complicado la noche y no se ahorró los detalles.

Sammy había llegado cerca de las once de la noche, se sentó en la barra y pidió unos buffalo chicken tenders con una cerveza. Dejó el tab abierto y ya no se detuvo. Cerveza, tequila, Cuba libre. When he went to play darts, we knew. Sammy asistía a su roast con la entereza de una efímera escultura de arena. Una camarera logró quitarle las llaves del auto y él empezó a hablar some shit de *Miami Vice* y de uno de los actores, the gem of the show.

—Martin Ferrero —interrumpió Sammy.

—Yeah, whatever.

Al parecer un bajista punk cubano americano, un regular, se apiadó del drunken mexican y se subió a la charla tratando de recordar who the fuck was Martin Ferrero. "And then," me dijo, "your friend picked a fight out of nowhere. If I didn't jump in, he would have ended up in the ER."

—Martin Ferrero was a genius. Much more than the guy who died in the toilet in *Jurassic Park*, pinche cubano idiota.

Y se marchó rumbo al *Cadillac* arrastrando una de las *Birkenstocks* que se le había declarado en rebeldía.

Bought and Paid For

—Sabés: hace rato que quiero preguntarte algo. No, nevermind.

—No, no, no, cabrón. I super mind. ¿Qué quieres saber? ¿Si Wilma se cogió a Don Johnson?

Hice una pausa. Evaluaba si había opciones que me llevaran a una salida decorosa de aquel embrollo innecesario.

—Otra cosa: ¿de qué viven?

Sammy echó a reír.

—Güey, no tengo idea. Tendrás que preguntarle a Wilma. Ella se ocupa de nuestras finanzas. Yo colaboré con una herencia que me llegó cuando murió mi abuelo, el padre de mi jefa, un hijo de la chingada que no era muy apreciado en mi

NEUROSIS MIAMI | Gastón Virkel

casa. Ni mi padre ni yo queríamos tener nada que ver con esa lana pero la dejamos en un savings account. Cuando Wilma se enteró, tomó posesión de las firmas y nunca más supe de ella. Tampoco nos ha faltado nada en todos estos años.

Aparentaba prestar atención pero me había fijado a Wilma.

—Entiendo. ¿Y se lo cogió?

Levantó sus hombros.

—Al principio negaba todo. Después empezó a dejarlo más en duda. ¿Qué te dijo a ti?

—Final abierto.

Una cabra del monte propinó un empellón a la puerta de la cueva. Luego otro.

—¿Y vos qué pensás?

—Daaaaaad —oímos al otro lado de la chapa cada vez más desmadrada.

—Ya me conoces. Yo siempre pienso lo peor.

Forcejeamos con lo que en algún momento había sido una puerta. El niño me abrazó.

—¿Me ayudas con la jacketa? —dijo mostrándome el cierre atascado de su abrigo.

La destrabamos sin mucho esfuerzo.

—Where are you coming from? —dije.

Wilma llegaba atándose el cabello.

—En español, please —dijo con dos sobres de *Netflix* entre los dientes—. En español, cero Spanglish. Además de soccer coach, te nombro oficialmente tutor de castellano de mi hijo.

—Va a hablar de vos.

—¿Por qué va a hablar de mí?

—No va a hablar de ti. Bueno, sí lo hará, en terapia. Pero eso no tiene remedio. Digo que va a usar el voseo argentino.

—Chale.

—¿Estás listo para tu primera lección? —desafié al monstruo.

—I'm tired.

—¿Y en español?

—Shit —dijo y se tapó la boca.

—"Mierda"; "shit" se dice "mierda".

Miró a la madre pero no pudo contener la carcajada. Luz verde para putear significa también un pequeño permiso para visitar el mundo de los adultos. Malicié que podía ser un buen anzuelo.

—Y te prometo que mis clases no van a ser aburridas.

Tenía un plan. Cuando llegué a Miami no necesité saber inglés. Lo necesité recién cuando tomé el elevador y atravesé en Río Bravo del Corporate America. Cuando advertí que necesitaría un empujón extra que abriera la desvencijada puerta de mi carrera profesional, acepté las clases que ofrecía la compañía. Se trataba de unas lecciones soporíferas, con un profesor que seguía paso a paso las instrucciones de un manual horrendo. Me divertía tratando de sacarlo de su obsesivo programa de estudios. Así, al tiempo descubrí que el tipo había hecho carrera en companías de seguros. Pero aquí va el twist: como investigador de reclamos fraudulentos.

El interés por las clases remontó. Tenía historias fabulosas y una maldición: una rareza con la que cuentan unos pocos, quienes resultan tediosos incluso hasta cuando relatan algo atrapante. Interrumpí las clases cuando hallé al maestro que lo reemplazaría: Jerry Seinfeld. Más precisamente cuando descubrí el close captioning que me permitía ver sitcoms (uno de mis pasatiempos favoritos) subtituladas en inglés. Cursaba workshops con los estrenos y repeticiones de *Friends, Will And Grace, That '70s show, Arrested development, South Park, Family guy* y *Los Simpsons*. Corté esa etapa de mis estudios de idiomas cuando noté que hablar como Joey en las reuniones de trabajo no me hacía un gran favor.

Martin y yo nos dedicamos a ver películas de animación dobladas. Su español mejoró. La madre se nos unía con frecuencia pero nunca Sammy que no toleraba lo que no toleraba. Y las películas de niños encabezaban su lista. *Spirited Away, Toy Story, Finding Nemo, Monsters Inc., Shrek, Triplets of Belleville, Ice Age, Chicken Run* y su favorita, *Antz*.

Para desgracia de Wilma, en aquella casa había una clara predilección por las películas con Woody Allen.

Para bajar la excitación post *Pixar*, improvisaba cuentos con más o menos pericia. La técnica que noqueaba al crío consistía en una narración grave y monocorde que daba voz a las historias. Hasta que una noche me lucí con un spin off de "Tigres transparentes", un concepto inspirado en Tlön, Uqbar, Urbis Tertius. María Kodama diría "plagiado" del cuento de Borges. El éxito fue tal que por casi dos meses no pude más que repetir el mismo argumento una y otra vez. Estaba por imitar a mi padre y grabar el cuento en un DVD cuando comencé a desviar sutilmente el storytelling hacia otros bastiones del universo *Tlön* que se me figuraban infantilizables.

Me obsesioné con ese cuento, comencé a tomar notas, a preparar el tema desde el cual partiría la improvisación de cada noche. Alcancé alturas insospechadas con relatos sobre los seres que mientras duermen, permanecen despiertos en otro lado porque cada hombre era dos hombres. Con la duplicación de los objetos perdidos y la aberración de los hrönir. La noche de las noches. Los metafísicos que no buscaban la verdad, sino el asombro. Sammy asistió a pedido de su hijo a la duplicación de la fábula de las torres de sangre y ya no volvió a perderse ninguna función.

Wilma me preguntó por qué ese cuento y no otro. No se trataba del Borges que más me atraía. Al principio me llamó la atención la declaración de un heresiarca de Uqbar "Los espejos y la cópula son abominables porque multiplican el número de los hombres". Pero a medida que iba releyendo, comencé a ver señales inequívocas del destino: su cultura clásica de una sola disciplina, la psicología, a la cual se subordinan todas las demás. La metafísica entendida como una rama de la literatura fantástica. La idea de que en el instante del coito, todos los hombres son el mismo hombre. La poética del verbo "lunecer", que sonaba como muchas expresiones del Spanglish de Martin. Y sobre todo, la ficcionalización de Adolfo Bioy Casares, un héroe literario de mis primeras lecturas.

Algo sucedió durante aquellas noches. Me convertí yo también en un personaje de Borges. Uno de los escritores de la logia secreta que aportaban su infinitesimal colaboración para la construcción de Tlön, "ese laberinto urdido por hombres para que lo descifren los hombres". Sentí que todo tenía la forma de un laberinto circular, que se desplegaba frente a mí para ser descifrado. Pero a diferencia del ideado por Milcho, el círculo borgeano lucía perfecto.

Back in the World

Al día siguiente Sammy me llamó a la oficina con un entusiasmo desmedido. Uno de los sobres de *Netflix* que Wilma blandía entre los dientes traía el DVD de *Zelig*. Dado que la mujer llegaría bien entrada la noche, los astros se habían confabulado para que viéramos el mockumentary de Woody Allen en el que Leonard Zelig asombra al mundo por su inexplicable habilidad no solo de imitar sino de adoptar características físicas de las personas que lo rodean. Se puede volver negro, engordar ciento cincuenta libras, hablar de repente un francés aceptable. Un mutante del simulacro.

—Carnal: este güey es lo máximo. No manches, cómo se le ocurren esas mamadas. ¿Por qué no vamos a conocerlo?

—¿A New York?

—Donde sea.

—Oí que es muy huraño. Toca el clarinete en un club nocturno.

—No mames, qué clarinete. Muero por conocerlo.

La Dra. Fletcher prueba con hipnosis. Zelig confiesa que ser como los otros le otorga seguridad. "I want to be liked", reconoce.

En *MTV* sufría a diario mis growing pains. Un eufemismo corporativo para llamar a los errores que en el futuro irían a erradicarse. Deseando que no fuera mi contratación uno de esos errores, decidí encarar de manera distinta uno de los briefs que llegaron a mi escritorio: el I don't give a fuck approach. Muchas veces me encontraba con un prejuicio agridulce. Cierta gente asume que los escritores —en Miami puede extenderse a los lectores— cuentan con un IQ estratosférico. Muchas de mis ideas más estúpidas fracasaron, no por su intrínseca estupidez, sino porque le adjudicaban un sentido escondido, demasiado inteligente tal vez, que no era sencillo decodificar.

—Pero es un pastelazo —me desesperaba—, es el *Pastelazo Weekend*. No hay nada que entender.

Siempre me guié en virtud de una idea directriz según la cual mi trabajo hablaría por mí y me llevaría al reconocimiento profesional. En la realidad, no solo mi carrera corporativa se había estancado; tampoco lograba transmitir la más básica de las intenciones. México representaba la prioridad como mercado, como negocio y contenido. ¿Por qué habían contratado a este impostor y para colmo argentino? Aquel día me había refugiado en el mood del simulacro. Cuando llegó un pedido de promo de un concurso para bandas de garage, me encontraba extremadamente receptivo. Alguien tuvo una "visión" (una técnica muy frecuente en ese departamento creativo) y el resto se subió a su estela.

La iniciativa se llamaría *Adiós Garage* y su promo contaría con una banda de ancianos heavy metal ensayando en su cochera. El front man gritaría hasta caer fulminado. Al final, el copy resultó un auténtico "no me importa nada".

VOICE OVER

¿Te mueres por salir de la cueva?
Entonces "Adiós Garage" es para ti.

Allí *MTV* invitaba a participar del único concurso que podía resucitar una carrera musical. Y entonces, una inmejorable jovencita en bikini le daría respiración boca a boca al viejo rockstar.

VOICE OVER (CONT'D)

Ingresa a mtvla.com y envía tus videos
antes de que tus nietos lo hagan por ti.

Sammy presumía otro de los varios mezcales recién

llegados del otro lado. Uno que le había enviado su padre, sin marca, comprado en una ruta de los valles del norte de Puebla, destilado de un maguey Tobalá al que llaman cenizo. Me froté las manos, aspiré largamente, cerré los ojos, me encomendé a Mayagüel.

—¿Hierbas?

—Sigue participando, güey.

—Puta madre. Oíme: hablando de participar, ¿qué tenés que hacer mañana a las diez?

—Hasta la una que busco a Martin, nada.

—Perfecto, a esa hora tenés un casting.

No esperaba que Sammy fuese elegido. Se me hacía demasiado joven para el papel de anciano heavy metal. Decidí invitarlo porque intuí que un casting le sentaría bien. Para quitarse al psico de la cabeza. Alguna vez leí que Godard se decidió por Belmondo para *Sin aliento* por la manera en la que el tipo fumaba. Pues parece que la resurrección actoral de mi amigo se debió a la manera en la que hizo los cuernitos roqueros en el casting. Fue una visión, otra más. Sin embargo, Sammy tenía otra teoría. Había logrado el papel, me explicó muy serio, envejeciendo treinta años. Como Zelig.

El día del shoot, Sammy amaneció satisfecho en su secundario papel de baterista. Pero el actor elegido para el rol de frontman llamó, avisó que había tenido una indisposición, y el director decidió que Sammy ocupara su lugar. Los cuernitos ayudaron, la forma en que cayó fulminado provocó risas. Pero fue la expresión que improvisó cuando Tania y sus tetas talladas con el bisturí de los dioses le suministraban respiración boca a boca, la que se ganó los aplausos del día.

Baruj Aizemberg había dado con un maestro mezcalero en la ruta a Tlacolula. Sammy se disponía a verter su mezcal más preciado, el que esperaba una ocasión como aquella hacía tiempo. Wilma acomodó los tres caballitos en una línea perfecta como anhelaba que se alinearan sus vidas a partir de entonces.

—Adiós garage. —Brindé y, von vivant como me enseñaron, le di el primer beso.

Smuggler's Blues

Pasaron varias semanas sin encontrarnos. Un viaje a México, un shoot, trabajo, excusas. Un productor me convocó a otro casting para una promo que yo había escrito un tiempo atrás. Mi apoyo consistía en algo simbólico, más allá de que opinaba y hasta intentaba encontrar ese fumar de Belmondo. Una quimera que nunca me sucedió. Tal vez sea un fragmento de un Godard que solo vive en mi cabeza. Junto al mito de que cinco minutos antes de grabar escribía en un bloc, servilleta o papel arrugado las líneas de lo que se rodaría aquel día. Y a la cámara al hombro del cinema verité. Y a las citas de Borges en "boca" de Apha 60, la súper computadora de su film *Alphaville*. Para un flojo como yo, su halo resultaba mucho más alcanzable que el de un ultraobsesivo Kubrick, por ejemplo.

La vestuarista esperaba su briefing, hastiada, matando el tiempo en su celular.

—No dije nacos —reía—, dije narcos, traficantes, contrabandistas. Toma nota: el casting lo está haciendo Erik Zuki en los estudios de *Telemundo*. Tú dile que vas de parte de Melvin.

Los castings sacan lo peor de uno. Tomar una decisión inmediata requiere talar los sueños de los postulantes lo más rápido posible en base a pequeños indicios y prejuicios. Muy gordo, feo, da muy gringo, loser, muy gay para el personaje, quién carajo lo mandó a este pelotudo. Fue unánime. Elegimos a un ecuatoriano con pinta de skater mexicano con un ojo lo suficientemente desviado para alimentar la cuota de rareza y esnobismo necesaria.

Por aquellos días, aún prescindía del celular. Odiaba estar disponible para todo el mundo todo el tiempo y me agradaba como parte de mi perfil de escritor. No había terminado una miserable novela pero ya tenía una línea medio beatnik en mi biografía. Así que corrí a mi oficina, al teléfono de línea.

—...decile que vas de parte de Melvin.

—¿Quién es Melvin?

—No importa, Sammy. Vos decí que vas de parte de Melvin.

—Órale, carnal. Y dime, ¿cómo te fue en México?

—Un viaje de la verga, Sammy.

—No mames, ¿qué pasó?

—De la verga. Descubrí que el *Viagra* es de venta libre.

—¿Neta? ¿Y compraste?

Better Living Through Chemistry

Cuando bajé a almorzar, me sorprendió encontrar a Wilma en el lobby. Se la notaba muy nerviosa.

—¿Y Sammy?

—He's with the kid. Just shut up and help me.

—Ok, ¿qué pasa?

—I hope... nothing happened.

Cuando sentimos temor, conectamos con lo infantil. Que Wilma regresara al inglés —cuando siempre me habla en español—, me contagió su preocupación. De su bolsa de palma tejida, tomó y me arrojó un manojo inmenso de llaves que atrapé en el aire. Me tuvo que señalar la del *Cadillac*.

—¿Dónde voy?

—Wynwood.

Me alegré de que se tratara de una zona con espacio para estacionar el barco DeVille. Wilma no hablaba pero ya me había acostumbrado a sus silencios. Aceleré. Llegamos a un warehouse ubicado entre la Second Avenue del Northwest, la arteria donde late el art district y la Fifth Avenue, la calle-fashion-district que nunca le latió a nadie. Si Wynwood sigue creciendo, aquello podría valer millones, calculé.

Wilma me señaló otra de las llaves y me pidió que abriera una puerta despintada. Entramos en un laberinto de estudios de artistas. Pintores y escultores en su mayoría. Nadie que vendiera bien su obra seguiría allí. Apareció un moreno de rastas cepillándose los dientes. Amagó a decir algo pero Wilma lo calló con un lapidario "not now". Llegamos al studio de PRiC, según el stencil de la puerta. Me señaló una llave con el número veintiuno. Abrí, ella no quiso ingresar. Percibí un olor nauseabundo. Encendí las luces y cuatro ratas huyeron despavoridas. Me sobresalté al ver sentado al tipo de *Club Space*, con los labios y uñas teñidos de azul, vomitado y mordisqueado en todo el cuerpo. No lo soporté. Huí como una rata más. Wilma comenzó a gritar, se acercaron otros artistas.

—Please call nine one one —les grité y luego la contuve. Temblaba como una hoja abofeteada por los vientos de un huracán caribeño.

—Holy shit. —El de las rastas escupió baba y pasta de dientes.

Giré nuestros cuerpos abrazados para que la vista de Wilma no se metiera en el estudio. Me quedé frente al cadáver. Alcancé a ver un botellón de *Bacardí*, el encendor, la cuchara sopera y detrás un canvas enorme con un desnudo de mujer. Tenía el cabello strawberry rubio y un llamativo lunar a centímetros del precipicio.

Al poco tiempo apareció un patrullero. Preguntaron quién había hallado el cuerpo y los artistas nos señalaron. Apuntaron nuestros nombres.

—What is your relationship with the victim?

—I'm the landlord —dijo Wilma y se volvió pequeña en mis brazos.

EXT. WAREHOUSE - UN RATO MÁS TARDE

Con música de Iggy Pop feat. Sum 41, "Little know it all", vemos la Ferrari Spider en la puerta del hogar-atelier de Chema.
Plano detalle: en la puerta de acceso, la faja de seguridad se encuentra desgarrada.

INT. WAREHOUSE - A CONTINUACIÓN

Sonny busca frenéticamente los chips que le mencionó Claire. Desaforado, rompe los almohadones del ya desvencijado sofá. Abre las alacenas. Vacía los cajones de la ropa. Cae rendido en el suelo. Tiene en su mano la última prenda del último cajón. Un jersey vintage de los Dolphins con el nombre de Dan Marino. Piensa.

                    SONNY CROCKETT
          Bingo!

EXT. WYNWOOD - A CONTINUACIÓN

Sonny acelera la Ferrari Spider por unas calles de Wynwood lleno de murales.

EXT. GALERÍA DE IZZY - A CONTINUACIÓN

Estaciona sin mucha simetría y golpea el vidrio de la puerta. No hay nadie.
Rodea la propiedad y salta el fence. Cuando cae en cuclillas, el mismo movimiento lo lleva a apoyar su espalda en las maderas de la cerca. Queda frente a frente con un possum. Ambos se miran aterrados. El animal se echa y se hace el muerto.

Plano detalle: kit de herramientas de bolsillo para forzar la puerta.

Sonny manipula la cerradura e irrumpe en la propiedad.

INT. GALERÍA DE IZZY - A CONTINUACIÓN

Ya en la oficina, revisa los cajones y encuentra el souvenir de los Miami Dolphins. Lo examina minuciosamente. Con una llave hace girar un par de tornillos de la base que descubren un compartimento donde encuentra un pequeño bulto detrás de una cinta adhesiva.

Plano detalle: da con los chips de Chema que buscaba.

INT. CONVENTION CENTER MIAMI BEACH - MIENTRAS TANTO

En la misma ubicación que la vez anterior: el Dr. Fridman mira la misma obra de Chema Casares. Claire se le une.

                    CLAIRE ROCHETEAU
              Are we gonna do business?

                    DR. FRIDMAN
              Me gusta cuando me hablas
              en español. Cuando no
              eres Rocheteau.

                    CLAIRE ROCHETEAU
              No quiero mezclar mi vida
              personal y mi negocio.
              Let's just do business.

              DR. FRIDMAN
Estás en el negocio del arte.
    (señalando el cuero/lienzo)
Lo que hay ahí es todo personal.

            CLAIRE ROCHETEAU
¿Sabe qué? Ya no está a la venta.

              DR. FRIDMAN
¿Se vendió?

            CLAIRE ROCHETEAU
No está a la venta <u>para</u>
<u>usted</u>. C'est la vie.

              DR. FRIDMAN
Fair enough. ¿Lo
guardarás para ti?

Claire levanta sus hombros en un gesto algo aniñado.

           DR. FRIDMAN (CONT'D)
Qué pregunta estúpida, perdón.
¿Para qué quieres esta si tú
tienes la mejor obra de Chema?

            CLAIRE ROCHETEAU
¿Perdón?

              DR. FRIDMAN
La mejor obra que un ser
humano puede crear: un hijo.

            CLAIRE ROCHETEAU
Shut up! ¿Cómo...? ¿Quién
es usted?

DR. FRIDMAN
Un amigo.

CLAIRE ROCHETEAU
¿Cómo lo supo?

DR. FRIDMAN
*No tiene importancia. Lo
que deberías saber...*

CLAIRE ROCHETEAU
(interrumpiendo)
¿Qué quiere?

DR. FRIDMAN
*Queremos a tu esposo tras
las rejas. Porque sabemos
que asesinó a Chema y porque
estaría detrás de una operación
a gran escala para distribuir
cocaína aquí y en Europa.*

CLAIRE ROCHETEAU
*¿Quiénes son "ustedes"? Y
¿qué dice? ¿Mi esposo detrás
de qué? ¿Están todos locos?*

DR. FRIDMAN
*Tal vez. Pero hasta ahora
no has negado que Chema
es el padre ni que fue
asesinado por Rocheteau.*

CLAIRE ROCHETEAU
Voy a llamar a seguridad.

Aparece Jean Jaques, le extiende la mano a Fridman.

> **JEAN JACQUES ROCHETEAU**
> (con acento francés)
> *Eso no será necesario. El señor*
> *ya se iba. ¿Verdad, Mister...?*

> **DR. FRIDMAN**
> *Balbuena. Doctor Balbuena.*

Se estrechan las manos. El apretón de Jean Jaques
es intimidatorio.

> **CLAIRE ROCHETEAU**
> *Jean, ¿eres traficante? Por*
> *favor dime la verdad.*

> **DR. FRIDMAN**
> (sorprendido por la
> manera en la que lo han
> puesto en riesgo)
> *¡Niña!*

Jean Jacques lentamente, sin decir nada, posa una
mirada de furia sobre el doctor.

Golden Triangle

—Carnalito, ahora vas a ver por qué *Miami Vice* tiene una deuda innegable con tu país —dijo Sammy desempolvando un VHS, la primera vez que vimos "Calderone's Return, Part One: The Hit List".

Recuerdo que asistió de pie el show completo, comentando los detalles, data del behind the scenes, anticipando diálogos. Se trata del episodio cuatro de la primera temporada y comienza con un asesinato por encargo. Persiguen a un sicario al que no logran atrapar pero se hacen con sus pertenencias. Entre sus cosas encuentran la lista de Calderone, el supervillano del piloto de *Miami Vice*: seis objetivos ya fueron eliminados. Quedan dos, uno de ellos es Crockett.

Más tarde en el episodio, una bala disparada hacia el bote de Sonny desde la Freedom Tower se dirige derecho al corazón de *Miami Vice*. Pero el teniente Rodríguez —que había notado el reflejo del sol en la mira telescópica a una distancia considerable— se interpone en la trayectoria. Salva así la vida de su detective estrella y la de la serie pero aquel acto heroico le cuesta la vida. Dos episodios más tarde, lo reemplaza Martin Castillo.

Aquella noche, Sammy dio cuenta de su mezcal, me clavó una mirada de júbilo y se adelantó.

—Al implacable hitman lo apodan "el argentino".

Yanelvis, la nanny, golpeó a la puerta. Había logrado arrastrarlos a los *Regal Cinemas* de South Beach. Caminábamos esas pocas cuadras buscando la brisa esquiva de Miami.

—Lincoln Road solía ser una "calle peatonal" —dijo Wilma y desató una coreografía de pareja.

—Hasta que decidieron reencarnarla en este dizque "mall al aire libre" —dijo él.

—Sigue siendo igual que siempre. Pero las tiendas son cada vez más pinche high end —ella.

—Una de las arterias más padres de Miami Beach —él—, se desangela al ritmo del aumento de las rentas e impuestos que expulsan a los comerciantes históricos.

—Me pregunto cuánto tiempo más podrá resistir *Segafredo* —ella.

A una cuadra del cine se encontraba, sitiado, el milagro Sega. Un café a la italiana, donde todavía se podía tomar un café y solo un café sin que te propulsen con la cuenta. El espacio natural del after movie.

Había muchas razones para juntarnos: Sammy había sido elegido para vaya a saber qué papel en una telenovela y yo tenía curiosidad por conocer los detalles. Además, se estrenaba una de las pocas películas argentinas que llegaban al circuito de cines.

Y Wilma.

Quería indagar si ella reconocía la eficacia del asesino argentino al que ella, sin querer tal vez, le había asignado una lista con un único hit: el psicólogo de *Miami Vice*.

—Contá, dale. ¿Cuál es el papel?

Sammy hizo una pausa que cambió el ritmo del universo. Elevó sus hombros y, brusco, los llevó hacia adelante; de su camisa sacó un par de lentes de leer, unos que jamás le había visto.

—Soy el pinche psicoanalista de un jefe narco —sobreactuó entrelazando sus manos sobre la mesa y casi volcando el pocillo de café—, alguien que tal vez sepa demasiado.

Wilma sonreía. Miraba a Sammy con el encandilamiento de otra época. El de aquella vez donde coincidieron por un rato cuando ella iba camino a un parque de diversiones y él se comía el mundo. Ella, a *Disney*. Él, a *NBC*.

Sammy narró el casting abusando de los detalles. Patrón de su momento, contaba cómo había recuperado gestos y motivaciones del psicólogo de *Miami Vice*. A Wilma se le aguaron los ojos.

—Qué mamona —gimoteó—. No me hagan caso.

Lloraba y reía todo a la vez. Se cubrió la boca, se puso de pie y abrazó a Sammy por detrás. Lo besó en la mejilla, borró la marca del rouge. Dos gotas picaron en el hombro. Le pidió a Sammy que me contara cada palabra que le había dicho el tipo del casting, y atravesó como un cisne desaforado el reguero de mesas en dirección a los baños.

Sammy aprovechó para contarme que el tal Melvin comenzó su carrera como production assistant del equipo de Michael Mann en los ochenta. Lo reconoció al instante y opinó que tenía el physique du rol perfecto. Que no se explicaba por qué había quedado afuera de la serie. Deduje que su mujer ignoraba el dato y que Sammy añoró por mucho tiempo aquel brillo de sus ojos.

Wilma regresaba a nuestra mesa cuando nos miró y se detuvo en seco. Llevó su dedo meñique al rostro, pretendía corregir el delineador de los ojos, pero para nosotros, resultó un gesto inequívoco de que el llanto continuaría. Agachó su cabeza y se alejó en dirección a la casa. Nos miramos. Sammy salió tras ella; yo apilé todo el cash con el que contaba y eché a correr.

La mata de pelo no se movía. La mirábamos surfear la noche y a pesar de que corríamos, no lográbamos darle alcance. Se detuvo bajo la negrura de un árbol frondoso y caótico, de enormes raíces, de esos que nos recuerdan que aquel simulacro de urbe reposa sobre un pantano. La pintura de ojos se había desmadrado: parecía un mapache. El más hermoso que había visto en la jungla soutbeachesca.

—No puedo parar —dijo y nos tomó de la mano. Y nos besó. Primero a Sammy con alivio. Luego a mí, con gratitud.

Martin dormía hacía horas sin interrupción. Sammy despachó a la nanny con un tip cierra bocas y se apertrechó con un *Ilegal Joven*, un mezcal destilado en Oaxaca pero contrabandeado por un gringo a su bar en Antigua,

Guatemala. Me contó que le habían exigido quitarse el ponytail mientras me dejaba una tijera de metal en la mano.

Apareció Wilma con un *Smirnoff* Green Apple, apagó los detalles con sensualidad y nos arrastró de la mano. La mirada de Sammy y la mía nunca se cruzaron. En la habitación, sonaba *Tanto Tempo* de Bebel Gilberto. Me quitó la remera y me alcanzó con su transpiración dulzona de noche tropical. Sammy se arrodilló detrás y se infiltró bajo el vestido largo. Alguna vez me confesó que un oscuro turn on consistía en lamerle un enorme lunar muy cercano al lado oscuro. Wilma comenzó a jadear. De un solo suave movimiento dejó su falda y mis boxers en los tobillos. Con una caricia en el pecho me invitó a sentarme en la cama y se dobló hasta quedarse con mi verga entre sus labios y el lunar en ofrenda. Me miró a los ojos y sentí una punzada en los huevos. Comenzó a darme una mamada inolvidable. Tan perfecta como solo puede ser la primera. El ritmo de sus exhalaciones y la felación se articulaban en la comunión de lo pendiente. Terminé desecho.

Cuando la verga dejó de latir en su boca se me sentó encima, tomó mi rostro con ambas manos y me estampó el beso del final. Pacto de semen, declaración de principios, todo a la vez. My turn, dijo.

Heart of Darkness

Uno de los conceptos más poderosos que conservo de Freud se refiere a la realidad psíquica. No importa lo que se ve desde afuera, lo que siente el mundo o aquello en lo que la realidad consistiría. Importa lo que la persona tiene en la azotea. Aquello en lo que cree. Yo juraba que sus vidas habían dado un vuelco. Pero fue todo un espejismo. Y los espejismos también tienen algo monstruoso. Unos meses más tarde, Sammy empezó con unas mini temporadas donde se instalaba en mi casa por días. Decía que había menos distracciones. Aunque no considerara a la cocaína como una de ellas. Solo mi recuerdo del artista picoteado por las ratas nos detuvo antes de probar heroína. Se advertía que la relación con el hijo se secaba, le resultaba un peso insportable. Lloraba seguido. Que si la pierdo me muero, no hay nada después de Wilma. Que necesito recuperar el respeto. Que prefiero que seas tú y no un desconocido. Yo sabía que debía responder algo pero no se me ocurría qué.

Le adjudicaba esos achaques de sinceridad a las virtudes del mezcal. Las cosas entre ellos se habían vuelto tirantes y tenía la sensación de que acordaban treguas solo cuando yo los visitaba. Pagué dos fianzas más. Una noche que volvíamos de *Churchill's* chocó contra un container de basura y me convenció para que tomara su lugar. Que me lo pagaría con creces. Las consecuencias de un DUI se reproducen como *Gremlins*. Después de aquello ya no me sentí en deuda por compartir a Wilma. Lo vi buscarse discusiones inagotables, palizas seguras, mamadas remuneradas. Invirtió un reloj pulsera antiquísimo que le había heredado su padre en un alley de la pequeña Habana. Al día siguiente tuvimos que rastrear a la chica para recuperarlo a cambio de doscientos dólares.

Wilma afrontaba esta desintegración evaporándose en el aire de la noche electrónica. Al principio me incluía pero después comenzó a dejarme a cargo de Martin, ya no confiaba en su marido. Nada de todo esto se decía en voz alta.

Por mi lado, me alejé de mis amistades. Mi plan de conocer Estados Unidos había quedado en eso, un plan. Tenía deudas que no entendía cómo se habían generado. No me sumergía en el mar por meses. El trabajo me resultaba insoportable y había provocado encontronazos con mi jefe y dos de mis compañeros. De no haber tenido la visa H-1 sponsoreada por la compañía no sé en qué hubiera terminado. Parece una descripción perfecta del agujero negro del que me advirtió Wilma pero yo no lo admitía. Por años fue horadando nuestras vidas desde la clandestinidad. Solo se me hizo patente cuando vi el cartel de *Remax* clavado en el jardín. Se volverían a México tan pronto vendieran la casa.

Free Verse

—You should be kissing my zapatos —les dice Izzy Moreno a Sonny y a Rico por la mitad del episodio *Evan* de la primera temporada que corría como música de fondo en la guarida.

Tomábamos café. Para esa época yo había impuesto la regla de no beber alcohol cuando trabajábamos. La establecí únicamente porque no podía seguirle el ritmo y estaba cansado de ir a la oficina con resaca. Con la cruda de sus mezcales. Dos días atrás había pulido la versión seis del spec de *Miami Vice*, una que yo consideraba a medio camino de convertirse en la versión final que irrumpiría pronto en la vida de Michael Mann y convencería a Wilma de frenar la locura de mudarse a México.

Yo releía *El jardín de los senderos que se bifurcan*. Varias veces el mismo párrafo porque mis pensamientos no se aquietaban. Sammy, en silencio con sus gafas torcidas en delicado equilibrio, tenía en sus manos un free sample de su esperada revancha. Cuando llegaba a sus diálogos los murmuraba, gesticulaba pero en su cabeza. No terminaba de ser una actuación.

—¿Jean Jaques? Qué raro que no lo llamaste Jean-Luc como Godard.

—Good call.

—En gringolandia no puedes putear en televisión abierta.

—¿Ese es todo el feedback?

—Taché algunas cosas... y me parece que el chiste del doctor Fridman cuando canta "We can be heroes" está un poco fuera de personaje.

—Pero es como el piloto de una serie, tu personaje puede ser lo que querramos que sea. ¿No te gustaría que tenga algo de humor?

No contestó.

—Me gusta que el que va undercover es el psicólogo.

—La idea era chingarse a todos desde el diván, ¿no?

Wilma entró con una bandeja, nos sirvió más café. Se sentó a mi lado. Traía un té de menta. Por decir algo, le pregunté si sabía algo de PRiC, el artista que decidió llamarse así únicamente como homenaje a su natal Puerto Rico. El tipo falleció por una mezcla letal de heroína, fentanyl y alcohol. Según contó Wilma, that shit is fifty times stronger than heroine. Un policía le comentó que estaban reemplazando uno con el otro sin mucho control, y la gente se moría sin enterarse.

—Güey, —se quitó las gafas—, está de puta madre. Necesitamos traducirlo al inglés. Wilma y yo podemos hacerlo.

—¿En serio? ¿Ya? No sé. Para mí le falta un golpe de horno.

—Finally —resolvió ella—, ¿y cuál es el plan maquiavélico para presentárselo a Michael?

Sammy tosió. Habíamos estado procrastinando la logística del pitch.

—Yo viajo a Playa del Carmen —solté, con el volumen bien bajo y la sensación de no tener el valor ni siquiera cuando el mundo se desmorona y no queda más que perder—. A escribir los premios de *MTV*.

—Fucking cowards, mamones, hijos de su puta madre. —Wilma nos humillaba con acidez—. No tienen los huevos. Morons!

—No es eso —dijo poco convencido—, nos faltan algunos detalles. Melvin, el del casting, ya hablé, él nos puede hacer llegar.

—No mames —lo miró con furia—, necesitamos cerrar este fucking círculo.

—El círculo nunca es perfecto.

Logré, sin quererlo, redirigir todo su enojo hacia mí. Sammy aprovechó y se fue a buscar más mezcal.

—What?

—El círculo nunca es perfecto. ¿No te acordás? *¿Antes de la lluvia*, la película de la que te hablé?

—Look. Tú sabes cómo me caga toda esta puta historia de *Miami Vice*. Necesito un cierre. And move on. Nunca estuvimos tan cerca de hacerlo. Así que le cuentas tu pinche guion a ese güey, sacrificas una gallina, se lo tatúan en el cuerpo. I don't fucking care. Tú eres escritor. Encuéntrale un final. No tiene que ser un final feliz pero quiero un final.

Sammy destapó un *Benevá Reposado*. Wilma se sirvió un largo chorro en su té de menta y descargó el peso de la botella para llamar la atención.

—Lo estuve rumiando en mi cabeza y creo que esta vez sí hay una pequeña chance, muy pequeña de que suceda. Pero está en sus pinches manos de marionetas culeras.

Se volvió a la casa, probando de a sorbitos este déjà vu de la frustración.

—¿Me parece o dejó abierta la posibilidad?

—¿De qué?

—De quedarse, boludo, ¿de qué va a ser?

—No sé, nunca había puesto la casa en venta.

—Es tu casa también. ¿No tenés nada que decir?

Sammy dio tres besos al hilo mirando el fondo de su caballito. Tomó la botella y se puso a jugar con el gusano de maguey hasta que lo mareó.

—Damos vueltas y vueltas a esta mierda y nunca lo cerramos. Wilma tiene razón.

—¿Y qué sugieres?

—Cerrar el círculo del orto como sea.

—I'm in. Güey, además me siento de la chingada por haberte hecho escribir un spec. Estás imitando a otro.

—*Miami Vice* es mi Quijote. Y yo soy Menard.

—¿Qué?

—No me hagas caso.

—Carnal, es una mamada. Tú tienes que encontrar tu propia voz.

—¿Mi propia voz?

—Sí: tu pinche voz. Qué es lo que Boris Finkelstein quiere decir.

EXT. IZZY'S GALLERY EN WYNWOOD — A CONTINUACIÓN

> **SONNY CROCKETT**
> *Fuck, fuck, fuck, fuck, fuck,*
> *fuck, fuck, fuck, fuck, fuck.*
> *Fuck you motherfuckers.*
> *Digan algo, ~~carajo~~.*

Sonny cambia un chip, da play y oye en el teléfono.
Son grabaciones de conversaciones informales entre
Chema y Jean-Luc.

> INTERCORTA CON: FLASHBACK

> **JEAN-LUC ROCHETEAU**
> (acento francés)
> *Estás desquiciado, "carnal".*

> **CHEMA CASARES**
> (en off, en el celular)
> *C'mon Jean-Luc. Je viens de*
> *Sinaloa, mon ami. Toda mi vida*
> *he visto gente como tú. Claire*
> *no tiene por qué enterarse.*

> **SONNY CROCKETT**
> *El idiota y el monstruo.*
> *Come on! Escúpanlo de*
> *una vez, muchachos.*

> **JEAN-LUC ROCHETEAU**
> *No hay nada que saber o no saber.*
> *Esa es la cuestión. Tengo muchos*
> *negocios en mi portafolio,*
> *ninguno de ellos relacionado*
> *con drogas. ¿Estás loco o qué?*

CHEMA CASARES
*¿Y qué me dices del
Botero wannabe?*

JEAN-LUC ROCHETEAU
*¿Qué pasa con él? Ya quisieras
tú tener su talento.*

CHEMA CASARES
*Mon ami, don't give me that
bullshit. Los dos sabemos que
se trata de una artesanía
mediocre a años luz de un
concepto artístico consistente.*

JEAN-LUC ROCHETEAU
Ya quisieras...

CHEMA CASARES
*Pero la cocaína se puede
camuflar muy fácil en
una pieza de cerámica.*

SONNY CROCKETT
¿Así? ¿Tan simple?

EXT. TAXI - MIENTRAS TANTO

El automóvil avanza por la US1. El Dr. Fridman,
preocupado, voltea a ver si lo siguen. Toma su
teléfono, un viejo modelo Sonny Ericsson. Marca un
número.

DR. FRIDMAN
(al taxista)
¡Por favor, apúrese!

239

Suena el teléfono pero nadie atiende. Mira hacia atrás, con la paranoia del perseguido.

Plano detalle: El teléfono celular de Castillo vibra en su escritorio vacío.

INT. ESTACIÓN DE POLICÍA - CÁMARA GESSEL DE INTERROGATORIOS - MIENTRAS TANTO

Dos agentes del FBI interrogan al Lt. Castillo. Uno lleva la voz cantante, el otro, de pie, muestra una actitud levemente intimidatoria.

> **LT. CASTILLO**
> (responde siempre mirando a
> quien se encuentre detrás del
> espejo, nunca a los agentes)
> *Encontrarán todos los*
> *detalles en los reportes.*

> **AGENTE FEDERAL KOVASH**
> (con acento americano)
> *Ya los revisamos por*
> *completo. Somos el FBI.*
> *¿Con quién cree que*
> *está tratando aquí?*

El agente Kovash se apoya en la mesa y se acerca al rostro de Castillo para presionarlo aún más. El teniente no se inmuta.

> **AGENTE FEDERAL KOVASH**
> *Tenemos varios testigos*
> *que ubican a su gente*
> *amenazando a la víctima*
> *en el baño de un club.*

240

LT. CASTILLO
Son policías encubiertos.
Tal vez solo estaban
haciendo su trabajo.

AGENTE FEDERAL KOVASH
O tal vez estaban trabajando
para los carteles colombianos,
deshaciéndose de los mexicanos
que buscan una tajada más grande
del mercado. Encontraremos
la verdad y les vamos a dar
un tiempo a la sombra.

LT. CASTILLO
Déjeme saber cómo podemos ayudarlo.

AGENTE FEDERAL KOVASH
Pronto sabrá más de nosotros.

El teniente Castillo se pone de pie y se marcha con las manos en los bolsillos de su pantalón. El segundo agente le corta el paso. Con una mueca de desagrado, le muestra sus dientes apretados.
Castillo lo mira a los ojos y señala con su dedo meñique uno de sus propios dientes caninos.

LT. CASTILLO
Tienes una lechuguita
entre los dientes.

El tipo se le abalanza pero el otro lo detiene. Castillo esperaba otra vez con ambas manos en los bolsillos. Pasa entre ambos y ahora sí sale de la habitación.

Leap of Faith

Pasé a buscar a Sammy por el *Centro Cultural Español*, en Biscayne Boulevard. Aprovechando su popularidad, le habían ofrecido dictar un workshop de actuación para telenovelas. Él exigió que fuera acting a secas, quería despegarse del género. Nadie osó contradecirlo pero el diseñador del póster y toda la comunicación no dejó mucho lugar a la interpretación: una estrella de telenovela impartiría clases de actuación. De telenovela, de qué más. A la tercera clase, la mitad de los inscriptos había abandonado.

—Los que están esperando al Lic. Etcheberry se van a quedar *Esperando a Godot*.

Habíamos parkeado y ya caminábamos rumbo a *Sabor a*

Perú, decididos a comernos un antológico ceviche picante cuando sonó su *Blackberry*. Sammy casi no abrió la boca. Tres "a-há" en hilera sin un "bye", presagio de algo gordo. Terminó la llamada, se acomodó unos cabellos de su frente que ya estaban en su lugar, giró sobre sus talones y volvió al auto.

—Acompáñame, te necesito.

El *Cadillac* DeVille tenía todo un tema con los amortiguadores. Brincaba demasiado por las avenidas desiertas. Sammy no pestañeaba. Pasó una luz roja. Su mirada estaba en el camino pero su cabeza se había retirado a especular como en esos scripts en los que uno debe tomar el lugar de otro.

—¿Dónde vamos?

—...

—Sammy, ¿dónde vamos?

—Hialeah —dijo, y aceleró.

Las oficinas de *Telemundo* parecían cajas de zapatos gigantes apiladas, coronadas por antenas parabólicas. Como esos tuercas que adosan alerones y rines de *Ferrari* en unos autos que se caen a pedazos.

Avanzamos por un laberinto caótico, sin ventanas. Llegamos a una oficina pequeña, llena de papeles, tapes, restos de deliveries de *Burger King*. La peor pesadilla de Martin Castillo. Pálido, el productor general de la telenovela nos indicó que nos sentáramos. Ni me miró. Tardó en hablar. Cuando lo hizo, se le iba la voz. Nos contó que el actor principal —el que encarnaba al narco Villegas— sería encarcelado por posesión de pornografía infantil más temprano que tarde. Que alguien dentro de la policía se los había soplado. Quedaban solo dos semanas, solo diez episodios hasta que se hiciera público y tenían que reaccionar. Así lo habían negociado con las autoridades. El equipo de desarrollo se encontraba allí mismo en pleno brainstorming para determinar cómo harían desaparecer al temible narco y a dónde coño llevar la historia. Lo único que sí sabían era que la gente adoraba el personaje de Sammy, que desde aquel momento, el argumento giraría en torno a él. Le rogó que durmiera bien porque a partir del lunes siguiente empezarían a rodar las escenas que darían el giro inesperado a la trama. Y que cambiarían la vida de Sammy para siempre. Pensé: justicia poética que cerraría el círculo —que empezó con el ostracismo absurdo de *Miami Vice*— como si fuese un círculo perfecto.

—¿Tienes alguna sugerencia? ¿Cómo nos deshacemos de un personaje así?

Sammy inhaló una lenta y larga bocanada del aire más tenso de su vida. Recordé *21 gramos*, la película de Iñárritu con guion de Guillermo Arriaga, en la que el voice over de Sean Penn nos instruye sobre los veintiún gramos que se pierden en ese último aliento antes de morir. ¿Qué se marcharía en esta última exhalación de la vieja vida de mi amigo? ¿Su neurosis atada al fracaso del piloto? ¿Su autodestrucción permanente? En la respuesta de Sammy se jugaba su renacimiento. Y lento, teatral, giró hacia mí.

—¿Qué hacemos? —Me incluyó, como si fuera su oráculo.

Me tomó con la guardia baja. No lo sentí una traición; confiaba en mí y había visto una oportunidad para que me luciera. Me alisé una barba imaginaria de dos años.

—Yo creo que a Villegas lo matan los del cartel rival —contesté dando inicio al brainstorming—. Lo veo con una jeringa en el brazo, puede ser en el gimnasio de su mansión. Podrían poner un punching bag de box.

—La ducha prendida, vapor.

—Y el licenciado Etcheberry llega y lo encuentra ya sin vida.

—Y lo abraza y rompe a llorar bajo el agua y la luz cenital.

Se rodó, a pedido de Sammy, una versión con una jeringa real. Pero esa versión, como la del psicólogo en el piloto de *Miami Vice*, nunca llegó a las casas en las que la audiencia sedienta de morbo se dio cita por diez días para el gran final anticipado de su perverso favorito.

—Güey, es la más cabrona de todas las secuencias que hicimos —diría Sammy viendo por enésima vez el *Quicktime* que le editaron solo para él, sabiendo que no lo iban a usar. Como al Zar al que le imprimían diarios y le armaban pueblos a su paso solo para que viera el simulacro de la Rusia que él quería ver—. La más cabrona por lejos, carnal.

Aquella jornada, la de la jeringa, la última del actor en desgracia, terminó bien entrada la noche. En su camerino, donde las letras de su nombre brillaban aún resistiéndose al derrumbe, nos echamos unos mezcalitos de despedida con unos restos de un *Pierde Almas* que Sammy guardaba para un caso de vida o muerte. Nos intrigaba el monstruo que se escondía en el interior del idiota.

Ese hombre derrotado, humillado, ya sin rastros de aquel orgullo pedante del actor protagónico que lo había llevado, según contó Sammy alguna vez, a quejarse porque "la performance del psicólogo no estaba a su altura". Y sin embargo, en su lecho de muerte profesional, el agüita lo impulsaba a hablar a corazón abierto como si se hubiera establecido la transferencia con el doctor Freud.

—Platícame de tu padre —le dijo quitándose los lentes.

Mientras se frotaba las manos y descifraba el aroma del mezcal, Sammy me miraba furtivo con el orgullo pedante del actor protagónico.

EXT. WYNWOOD - MIENTRAS TANTO

Intercortan los flashbacks de Chema y Jean-Luc con
Sonny que continúa oyendo los chips en el presente.

> **JEAN-LUC ROCHETEAU**
> *Shut up. No tienes idea de
> lo que hablas, imbécil.*

> **CHEMA CASARES**
> *Oh, yes. Sí la tengo, mon ami.
> Je viens de Sinaloa. I saw
> shit. Chécate esta: una familia
> numerosa cruza la frontera
> rumbo a Saltillo para una boda.
> El bus cae por un acantilado,
> la mayoría muere. Una caravana
> con los restos vuelve a
> cruzar la frontera con los
> cuerpos llenos de coca. ¿Y
> sabes qué? La boda era fake.*

Sonny se frustra.

> **SONNY CROCKETT**
> *Come on motherfucker: di
> algo. Cualquier cosa.*

> **JEAN-LUC ROCHETEAU**
> *Afuera, vamos. Vete
> ya. Mon dieu.*

La grabación se corta.

> **SONNY CROCKETT**
> *Fuck.*

I/E. WYNWOOD/CONVENTION CENTER/CASA DEL DR. FRIDMAN
EN NORTH MIAMI - UN RATO MÁS TARDE

Editado en paralelo de las tres situaciones con el
track "El Colmo" de Babasónicos.

LETRA "EL COLMO"
BABASONICOS
Quiero cantar el abismo
Y a la muerte estafar

Sonny pasa junto al possum y trepa el fence.

LETRA "EL COLMO"
BABASONICOS (CONT'D)
Volvamos a cero,
borrémoslo todo
Y festejemos si mañana
me despierto solo y feliz

El Dr. Fridman llega a su casa y se quita los zapatos
y los deja junto a la puerta donde lo esperan unas
Birkenstock azules. Enciende el remoto de la TV.

Plano detalle: en la TV, Jeff Hallow —un político encumbrado
con un peinado exótico— da un discurso efusivo.

JEFF HALLOW
Today, more than ever, we
renew our commitment to
winning the war on drugs.

En el Convention, un vernissage en honor del artista
Botero-wannabe. Claire lo presenta, los asistentes
aplauden. El artista regala unas palabras —que no
oímos— en relación a su obra.

LETRA "EL COLMO"
BABASONICOS (CONT'D)
Por eso canción llévame lejos
Donde nadie se acuerde de mí
Quiero ser el murmullo
de alguna ciudad
Que no sepa quién soy

El Dr. Fridman se da una ducha.

Plano detalle: llamado entrante. Vibra su celular y el caller ID dice "Lt. Castillo".

LETRA "EL COLMO"
BABASONICOS (CONT'D)
Yo daría hasta mi sueño
Por ver la farsa fallar
Perdamos el centro
Quemémoslo todo
Y pediremos que mañana
Nadie venga a hacerme cumplir

Sonny camina por Wynwood, ofuscado. Pasa junto a unos artistas pintando uno de sus típicos murales.

El Dr. Fridman come unos edamames y acciona un pequeño dispositivo.

Plano detalle: se activa el riego por aspersión en un jardín muy cuidado.

LETRA "EL COLMO"
BABASONICOS (CONT'D)
Por eso canción llévame lejos
Donde nadie se acuerde de mí
Quiero ser el murmullo
de alguna ciudad
Que no sepa quién soy

Plano detalle: las delicadas manos de Claire pegan un círculo rojo junto a una de las esculturas. Se ha vendido.

Claire le entrega su tarjeta personal a un coleccionista y sonríe. Jean-Luc la observa. Ella lo mira y él levanta su copa de champagne, orgulloso.

LETRA "EL COLMO"
BABASONICOS (CONT'D)
Lo cambio todo por el don
Que hace a las mujeres reír
El mundo de ellas
Me hunde en sus huellas
Y roguemos que mañana
Me convierta en otro infeliz

Plano detalle: unas zapatillas negras y embarradas pasan junto a los zapatos del doctor Fridman.

Sonny regresa junto a su Ferrari Spider: está toda pintarrajeada con aerosol. En el costado del conductor se lee "Fuck Art".

Efecto de Audio de un golpe certero y un cuerpo que cae.

                LETRA "EL COLMO"
                BABASONICOS (CONT'D)
        Por eso canción llévame lejos
        Donde nadie se acuerde de mí
        Quiero ser el murmullo
        De alguna ciudad que
        no sepa quién soy

Plano detalle: unas manos de guantes de cuero
negros abren las hornallas de gas. Esas mismas
manos prenden una vela en honor a una estampita del
Gauchito Gil y de San La Muerte (un santo que proteje
a policías y forajidos en el norte argentino).

Plano detalle: el cuerpo de un possum yace inmóvil
en el césped.

El cuerpo del Dr. Fridman, en el suelo, inmóvil.
Entran a cuadro las manos del asesino que le cortan
el ponytail —como parte de su ritual.

                LETRA "EL COLMO"
                BABASONICOS (CONT'D)
        Canción llévame lejos
        Donde nadie se acuerde de mí.

Inserts: hornallas despidiendo gas. Vela encendida.

                LETRA "EL COLMO"
                BABASONICOS (CONT'D)
        Quiero ser el murmullo
        De alguna ciudad que
        no sepa quién soy.

Audio Effect de explosión.

NEUROSIS MIAMI | Gastón Virkel

Slow Motion: en un cerca de madera se refleja la luz de la explosión. Un par de maderas encendidas van a dar contra ella. Y luego la golpea una Birkenstock.

Missing Hours

—Güey, no mames. Dónde te habías metido, cabrón.

En octubre de 2005, viajé a la Riviera Maya para guionar por cuarta ocasión los *MTV Video Music Awards* que se mudaban del *Jackie Gleason* de Miami Beach al *Teatro Gran Tlachco* de *Xcaret*, cerca de Playa del Carmen. Serían conducidos por los Molotov, se pronosticaba que Shakira necesitaría un *U-Haul* para llevarse varias de las lenguas, la estatuilla que caracterizaba al evento. El line up de las performances en vivo incluía a los Foo Fighters, Simple Plan, Good Charlotte, My Chemical Romance, Miranda!, Reik y Babasónicos. Por fin los Babasónicos tocarían en los premios.

Para la campaña de promoción del show, convocamos a Jaime Maussan, el hiperfamoso experto mexicano en OVNIs y vida más allá de la tierra, que advertía sobre una profecía maya que tendría lugar el 20/10/05, el día del show. Y repetía teatralmente la fecha como si se tratara del fin del mundo. Algunos supersticiosos se opusieron pero Maussan y la profecía maya nos dieron mucha exposición. Al experto no parecía importarle demasiado.

Solíamos almorzar en uno de los buffets del parque temático, una palapa con vista a la isla de Cozumel. Un día se nos unieron parte de los Babasónicos. Sabían que existía una némesis dentro de *MTV* que no los quería. Nos estaban tirando de la lengua y a nosotros nos gustaba jugar al detective bueno con los músicos. No solo por símpatía —nos parecía injusto que no hubieran tocado antes— sino también porque generar un vínculo con el talento hacía más fácil nuestro trabajo de pitch. Ganábamos su confianza. Después de todo, nosotros pondríamos las palabras en su boca.

A Adrián Dárgelos, la voz del grupo, se lo notaba nervioso. Nos dijo que lo tenía preocupado el huracán que se formaba en el Atlántico y que se dirigía a Yucatán.

—Dicen que Wilma entra por acá Categoría 4 —tosió—, yo me quiero ir a la mierda.

Como escritor percibí los delgados hilos del guion. No era casualidad. Wilma venía directo hacia mí con la certeza de una profecía maya.

En un principio se intentó adelantar el show un día. Fue un caos. Muchos talentos temían viajar a Cancún. Finalmente, imperó el miedo. *MTV* movió influencias. Una flota improvisada de aviones privados y vuelos de línea nos rescató a casi todos (de los Babasónicos no se tuvieron noticias por un par de días). Wilma tocó tierra el veintiuno de octubre y me daba la sensación de que el ojo del huracán se había posado en la isla de Cozumel; había destruido el paisaje que disfrutábamos cada mediodía para luego describir una trayectoria que pasaba por mi habitación y me buscaba como un sicario de la Yakuza salido de una película de Takeshi Kitano.

Dos días más tarde, en un giro impredecible de los acontecimientos, Wilma dio efectivamente un giro impredecible y enfiló para el sur de la Florida. Entraría por el oeste, con suerte perdería fuerza pero con seguridad recibiríamos algunas ráfagas furiosas. Me pregunté qué pensaría Maussan en ese momento acerca de parodiar la sabiduría de los mayas.

Un aguacero salpicó la ventana. Veía las primeras gotas, grandes, pesadas, arrastrar la mugre de los cristales cuando sonó el teléfono, el único, el de línea.

—Güey, no mames. Dónde te habías metido, cabrón.

—¿Qué pasa, Sammy? Trataba de mantenerme lejos de los huracanes.

—Necesito que me ayudes con Wilma.

—¿Cuál?

—Las dos, pendejo.

Sammy llamaba desde el DF. Su telenovela se había convertido en un éxito inesperado. Los ratings reflejaban que a la historia la seguían públicos que no frecuentaban el género. Que el nuevo argumento fuera protagonizado por un actor cuyo physique du rol no correspondiera con el galán de turno fue percibido por la audiencia como algo novedoso, una victoria del underdog con el que se identificaban. Su flamante status le obligaba a realizar tareas promocionales. Y él había aprovechado la oportunidad para realizar unos workshops que, en su cabeza, contribuían a fortalecer su imagen de actor serio (así lo definía él, como si el actor de telenovela fuera un comediante). Se había llevado a Martin para que visitase a los abuelos y como excusa para negarse a concurrir a los eventos nocturnos o para marcharse temprano de ellos. Había planeado tormarse después unos días libres para embarcarse junto a su padre en un roadtrip a Oaxaca, Tlacolula y Matatlán para reunirse con el maestro mezcalero. Tres generaciones de Aizembergs unidos por la peda.

—Necesito que instales los shutters y que te quedes con Wilma. Le aterran las tormentas.

—No sé poner shutters, Sammy. ¿Dónde están?

—Pregúntale a Wilma.

Marqué un número que tenía entre mis contactos. Sonó una vez sola.

—Diga.

—¿Efrén? Soy Boris, qué hacés.

—Aquí, machacando en baja.

Efrén practicaba artes marciales y trabajaba como handyman en el edificio de *MTV*. En mi vida diaria, funcionaba como reality check, pintor de brocha gorda y comic relief. Cuban multitasking.

—Necesito que me ayudes a poner unos shutters. Acá nomás, a un par de cuadras.

Cuando llegué, encontré la puerta entreabierta. Entré en

silencio y fui a la cocina. Wilma, pelo revuelto, maquillaje rebelde de la noche anterior, remera hasta los muslos, tomaba un té y controlaba que el hombrecito no decapitara la enamorada del muro con esas planchas filosas.

—Gracias —dijo sin quitarle la vista. Me ofreció su té, tomé un sorbo. Me aseguré de posar mis labios en la huella que habían dejado los suyos. Contemplábamos la serenidad del jardín. La que anuncia el paso del huracán. Deslicé mi mano bajo su playera. Se humedeció rápidamente. Ella recuperó su té, dio un sorbo, luego otro. Y respiró hondo. Como cuando uno se despierta de una siesta larga e irresponsable.

—¿No tendrías que ayudar a ese güey?

La miré a los ojos, me llevé el índice explorador a la boca y chupé con ruido hasta quitarle todo rastro del cenote. Recién entonces fui a ayudar a Efrén.

Tres horas y media más tarde, cuando ya habíamos cubierto todas las ventanas y puertas, cuando Efrén ya se había marchado, regresé a buscar a Wilma. Se había duchado y ya tenía el aspecto de siempre, de cuando no se tomaba sus licencias electrónicas. Le dije que estaba sudado, que iba a casa a buscar ropa pero no me dejó terminar, me besó, me quitó la remera, llevó su boca a mi axila. Me miró a los ojos y lamió con ruido hasta quitarle todo rastro del esfuerzo.

La casa parecía un bunker. Casi no vimos la luz del sol: roce y éxtasis, no mucho más. La noche que los truenos y vientos arremetieron contra Miami se aferró a mí, refugiándose en el esternón. Sentí su cuerpo temblar desde las entrañas. Y rogué a los dioses mayas que Wilma no se fuera nunca.

Desperté a la madrugada siguiente, una tormenta eléctrica vapuleaba los shutters y un chorro de orina recorría uno de mis muslos. Ella tardó en darse cuenta de lo que sucedía. Apenas asomó entre los arbustos strawberyblondianos, se avergonzó. Fue al baño por una toalla y me secó. I'm not a morning person. Deseaba con toda el alma que se relajara. Que volviéramos a dormir. Cerré los ojos. Sentí la presión de la toalla, de su recorrida final. Ella besó la zona del siniestro y luego se desplazó hacia áreas aledañas. Allí, con mimos, besos y nuestras bocas hambrientas hicimos un spec de los beneficios con los que cuenta una morning person. Hasta que reclamó aquellas horas para sí, se abrió en estrella y me recondujo al ojo del huracán.

Una hora y media más tarde, con hormigueo en mi quijada y su pelo revuelto, volvimos a dormirnos.

Adivinamos los primeros rayos del sol entre las planchas de chapa. Aunque el día después se recomienda no salir por el peligro de los cables cortados, caminamos por una Lincoln Road desértica. Ramas rotas, hojas desperdigadas daban a todo un aire apocalíptico. Wilma se había mostrado algo distante apenas salimos a la calle, apenas nos dejamos ver en público. Pero estábamos solos en el mundo. Nos abrazamos un buen rato hasta que nos interrumpió un pavo real bebiendo de una fuente. Cuando terminó, dio un salto, sacudió las alas y desplegó orgulloso su plumaje. Me invadió un sentimiento oceánico. Una calma tensa pero temporal, como la que sienten las aves que viajan millas y millas en el ojo del huracán.

Fruit of the Poisoned Tree

No quitábamos los shutters porque hubiera significado regresar a la normalidad. Una tarde, mientras Wilma se dedicaba a su jardín, entré a la cueva para buscar un libro entre los de una pila que yo mismo recomendaba a Sammy. A la decisión final llegaron *Miami Blues* de Charles Willeford y *El arrancacorazones* de Boris Vian. Elegí este último: hacía mares que no leía la historia de ese psicoanalista que llegaba a un pueblo donde sucedían eventos absurdos y sus habitantes se revelaban un poco monstruosos.

Prendí la computadora y leí un par de diarios. Me divierte seguir el morbo de los huracanes en los diarios argentinos. Una película catástrofe. En una crónica de *Clarín* mencionaban que la película *Miami Vice* había sufrido la voladura de su oficina de producción en Homestead, al sur de la ciudad. Me puse de pie. Y comencé frenético a buscar el sobre papel madera con la caótica letra del psico. Me pareció un buen momento para brindarle ese último golpe de horno que pedía a gritos. Y para ser sincero, cuanto más pensaba en él, más trabajo necesitaba. Me detesté: los hechos me refregaban en el ego una realidad que evidenciaba que habían pasado años y no contaba con cuarenta y cinco fucking páginas que me enorgullecieran. Cuarenta y cinco (cuarenta y tres en la traducción de Sammy al inglés).

Había aprendido a respetar ese momento en los que Wilma regaba el jardín y sus adentros. Durante el huracán, si hay algo que esas plantas no necesitaban era agua.

Un chorro me sorprendió por la espalda.

—Where are you going?

Giré hacia ella. Sentí la resolana punzándome los ojos y el agua en la entrepierna.

—No es así como brotan estas cosas.

Con maestría logró un aumento de la presión que casi me dobló. Se acercó juguetona, nos besamos, nos mojamos. Y ella notó que estaba un poco esquivo con el sobre. Quiso saber qué había en él y leyó Michael Mann. Me miró a los ojos. Todo lo relacionado con *Miami Vice* la ensombrecía. Temí su distancia.

—Vamos —dijo categoría 5.

—¿Qué?

—Está en Miami, ¿no? Let's go. Let's close this shit.

No pude negarme. No tenía problemas en admitir mi derrota pero tampoco estaba dispuesto a desplegarla frente a sus ojos. Me sentía camino al matadero. Los amortiguadores del *Cadillac* DeVille rezongaban como nunca aquella tarde noche. En las calles solo veíamos policías que no nos detuvieron al salir de la playa; les parecía tan irreal que hacían la vista gorda. Trataba de esquivar las ramas aunque, cada tanto, una de ellas nos cantaba una serenata bajo el chasis.

Las últimas ráfagas de Wilma convertían aquel "carro" en un gigante ingobernable. Nos detuvo un control, le dije al policía que a mi lado tenía a la novia de Colin Farrell, que debíamos llegar a la oficina de la producción de *Miami Vice*. El tipo no sabía quién era Colin Farrell. Pero recorrió cada detalle de la situación: el huracán, el auto estrafalario, la melena indomable. Ella bufó impertinente, y el tipo nos dejó pasar.

Llegamos a Homestead. Pronto se haría de noche y no veíamos a nadie en la calle. Una bandada de patos sacudió las alas y echó a volar en dirección a un cartel torcido que decía "CREW" con una flecha. Ella me preguntó si sabía lo que iba a decir. Ni puta idea. Y entonces Wilma rio desaforada. Me miraba y volvía a carcajear. Una de mis frases de cabecera pertenece a Patricio Rey y sus Redonditos de Ricota, banda legendaria del rock argentino. En una de sus letras decía "las minitas aman los payasos y la pasta de campeón". Por descarte, siempre supe que mis chances vendrían por el lado de los payasos. Aquella fue la primera vez que la veía tentada. Pensé que debía esmerarme.

—¿Te cogiste a Don Johnson?

Lo logré. Una lágrima dejó el recado de que había muchas más risas como esa en las bodegas. De pronto, Wilma gritó que frenase. "Melvin", dijo, y bajó del auto en pleno combate con la carcajada. Melvin los había visitado una vez, luego de que Sammy fuera confirmado en la telenovela. Wilma se ubicó en los asientos traseros y nos presentó. Lo primero que él me dijo fue que dos meses atrás había buscado como desquiciado un ginger como yo, que hubiera sido perfecto para un video corporativo. Comenté que en Argentina siempre me sentí un bicho raro, que suponía que en US eso iba a cambiar y me respondió que vivíamos en Miami, the closest place to America you can get y que mi status de bicho raro no cambiaría mucho.

Pidió que lo alcanzáramos a una locación donde tenía lugar un scouting para una escena compleja. Nos contó que el rodaje se había transformado en una locura. Michael cambiaba el guion a cada paso. Después de un episodio violento en República Dominicana, Jamie Foxx se había negado a grabar fuera de los Estados Unidos. Evaluaban cambiar el final de la historia que se debía rodar en Paraguay —seguro en Ciudad del Este—, y reescribirlo de tal modo que se grabara en Miami. Desde que había ganado el *Oscar*, Jamie tenía diva trips cada vez más recurrentes. Y Colin estaba empezando a hacer idioteces solo para no quedarse rezagado. Una pesadilla. No veía la hora de volver a las telenovelas.

Atravesamos calles anegadas hasta que llegamos a un vivero. What the fuck is he doing here? Colin Farrell, Michael Mann y el locations manager atravesaban una discusión tensa. Nos acercamos. El tono no bajó un ápice: siguieron la disputa como si fuéramos invisibles. Wilma los rodeó, se arrodilló frente a una planta castigada por los vientos y comenzó a sanarla. Colin solo tuvo ojos para ella. El director se vio obligado a mirar qué había ganado la atención de su divo—wannabe. La discusión se acalló. Melvin me presentó como el socio de Sammy Aizemberg. El director hizo un poco de memoria, dijo que lo recordaba bien. Y ahí se detuvo. Hubo un momento incómodo hasta que giró sobre sus talones.

—So, is she... Wilma?

Dos días más tarde, el rodaje se trasladó a *The Mansion*, el legendario club de Washington Avenue en South Beach, a walking distance de mi apartamento. Nos invitaron al shoot. Melvin nos contó que ese venue fue utilizado en el piloto de la serie original como el nightclub de New York donde comienza la línea argumental de Rico Tubbs. Estaban grabando por un par de días unas escenas del principio de la película cuyo guion se inspiró en *Smuggler's blues*, de la primera temporada.

Recordé que Sammy se había referido alguna vez al

mismo episodio. En los ochenta, un oficial de policía detuvo el auto que conducía Michael Mann. Cuando vio de quién se trataba, le perdonó el ticket a cambio de que oyera una historia personal que inspiró aquel episodio en el que Sonny y Rico viajan a Sudamérica donde se hacen pasar por contrabandistas.

La disco ardía. En la pista veíamos una coreografía absurda donde la gente bailaba sin música para no complicar el audio de la grabación ni la continuidad. Michael Mann daba órdenes, gritaba, gesticulaba como un energúmeno, preguntaba, se retractaba, cambiaba las órdenes. Todos obedecían en medio de un caos que parecía funcionar. Quise comentarlo con Wilma pero se había esfumado. Frente a cámara, se notaba la tensión entre Foxx y Farrell —que no estaba en uno de sus mejores días—. La claqueta sonaba y sonaba pero la toma nunca quedaba perfecta para el ojo Manníaco. Hasta que Jamie se cansó, Colin pidió un break y se marchó sin esperar la respuesta.

Encontraba fascinante presenciar una realización con los estándares de Hollywood. Todos a los que había asistido resultaban low budget en comparación. Ver cómo Michael y su director de fotografía disponían veinticinco minutos para los rebotes de la luz sobre la mitad menos iluminada del rostro de los extras de aquel VIP, me impulsaba a formar parte de ese mundo. Me juré dar el pitch de mi vida.

Volvió Jamie Foxx a su posición, comenzaron a llamar a Colin Farrell que no aparecía. Lo hizo al rato, desarreglado. La tensión subió. Llamaron a styling y a hair and make up. Jamie estalló pero mostró un oficio impresionante y mucho talento cuando Michael gritó "action" más para calmarlo que para empezar a grabar. Junto a mí, de la nada, una Wilma desarreglada, intentaba componerse.

—¿Dónde estabas?

—Cerrando un círculo.

El acting de Colin Farrell mejoró notablemente.

Miracle Man

Las indiscreciones de Melvin nos transportaban al behind the scenes. En aquella temporada feroz, plena de tormentas y huracanes, perdieron solo siete días de grabación. Los que casi no la cuentan, chismoseaba divertido, fueron sus protagonistas. En medio de una escena exterior azotada por fuertes ráfagas, Colin y Jamie se salvaron raspando de unos cristales rotos que les cayeron desde un edificio. La *Ferrari* no corrió la misma suerte.

Sammy dejó en espera a su padre, al mezcalero, a todo el estado de Oaxaca y se montó en un avión apenas supo que Wilma había invitado a cenar al mismísimo Michael Mann. Nos tomó un día entero quitar los shutters. Y una mañana para practicar el pitch. Fuck the spec. Sammy insistía en que debía presentar mi versión de la historia. Él ya había tomado otro camino que se alejaba un poco de aquellas ligas donde el legendario Executive Producer se movía. Le hubiera encantado sacarse la espina de trabajar con él pero ya había hecho las paces con su futuro.

No sabía si creerle.

El tipo llegó temprano con dos *Caymus*, el delicioso Cabernet de Napa Valley y envolvió a Sammy con un abrazo. Se sorprendió al enterarse que su psicólogo interruptus se había reinventado como figura de la TV hispana. Nunca se enteró de los agujeros negros ni el tiempo que le llevó conseguirlo.

Me sorprendió su informalidad, su capacidad para relajarse con el peso que llevaba en sus hombros. Pensé que tal vez había aceptado la invitación para olvidarse de todo aquello por un momento. Si era así, cualquier pitch que le propusiéramos solo conseguiría arruinarlo todo. Sammy debía pensar otro tanto porque nos miramos toda la noche sin decidirnos; esperábamos que el otro diera el primer paso. Hasta que Wilma se hartó. Se rio, nos trató de assholes y nos preguntó por qué no le habíamos contado nada aún del guion. Sammy tosió, Michael dijo "Sammy, I owe you a big one" y nos sirvió lo que quedaba del vino. Se me escapó una risita nerviosa y tomé el sobre con mi guion para una película de *Miami Vice*. Era mi gran oportunidad. Sammy me arengaba con la mirada.

Evalué la situación un instante, tal vez un largo instante y dije "Pal...". Le conté que en Argentina se llamó *División Miami* y que me encantaba. Agregué algo que seguro ya sabía: que él reinventó la ciudad. Que su show fue el simulacro aspiracional en el que una metrópoli entera decidió vivir inmersa. Pero esta urbe renace cada quince años porque invita —como ningún otro lugar— a las reinvenciones personales. Que la última tenía que ver con el arte, con la cultura. Le hablé del art week, de la obsesión con los landmarks arquitectónicos. Wilma y Sammy se miraban con los ojos desorbitados. No mencionaba nada de lo que habíamos ensayado por la mañana.

Tomé un sorbo del cabernet. Opiné que me gustaba más el vino argentino solo para demostrar criterio. Le dije que era hora de que *Miami Vice* reinventara la ciudad como veinte años atrás. Pero en esta ocasión, debía hacerlo a través de una de las exportaciones más reconocidas de South Florida: la telenovela. Y que este nuevo simulacro debía incluir el arte. Michael miró a Sammy. Como verás, el Lieutenant Castillo is casted already, le dije. *Telemundo/NBC* is almost on board, mentí. Que solo faltaba él: Do you have the balls to do it?

El tipo echó a reír. Tentado. Me sentí un payaso.

INT. MANSIÓN ESTILO MEDITERRÁNEO EN CORAL GABLES - AL DÍA SIGUIENTE

Por la mañana, Clara se sienta frente a un espejo. Comienza a maquillarse.

> **CLARA ROCHETEAU**
> (en off, pensando,
> con acento neutro)
> *Chema: ¿Por qué tu rostro se desvanece? ¿Y por qué siento que tu amor también lo hace?*

Clara se pinta los ojos.

> **CLARA ROCHETEAU (CONT'D)**
> *Llevo tu hijo en mis entrañas. Mi cuerpo es un volcán en erupción y necesito ordenar mis pensamientos. Dar vida parece cambiarlo todo. Me deja ver las cosas de otra manera.*

Clara sigue maquillándose. Se pinta los labios bien rojos.

> **CLARA ROCHETEAU (CONT'D)**
> *¿Por qué tu rostro se desvanece? ¿Por qué el de Juan Lucas está más nítido que nunca? Porque me he dado cuenta de que más que un hombre dispuesto a morir, mi corazón late con uno dispuesto a matar. A matar por mí.*

Se pone de pie. Abre su ropa de cama, deja ver su panza de un par de meses.

> **CLARA ROCHETEAU (CONT'D)**
> *Lo lamento mucho, Chema. Nadie sabrá la verdad. C'est la vie.*

EXT. MORGUE - MIENTRAS TANTO

El cadáver del Dr. Fridman cubierto por una tela blanca. Asoma solo un pie chamuscado.

Castillo parado frente al cuerpo, con su típica pose de manos en los bolsillos, permanece en silencio.

Desde el pasillo, el equipo observa a su teniente. Gina tiene gafas oscuras y se la nota abatida.

> **GINA**
> (con dificultad, llorosa)
> *¿Por qué lo mataron? ¿Y por qué con tanta violencia?*

> **CARLOS "RICO" TUBBS**
> *No sé, pero lo averiguaremos.*

Crockett, de espaldas a Castillo y al cadáver, mira a través de una ventana con una mueca de furia. Palpa su barba de dos días.

> **JAIME "JIMMY" CROCKETT**
> (sin mirarlos)
> *Lo mataron por jugar al policía.*

CARLOS "RICO" TUBBS
¡Basta, Jimmy! No es
momento, bróder.

Jimmy Crockett da media vuelta y se enfrenta a
Rico, cara a cara.

JAIME "JIMMY" CROCKETT
Es hora de jugar a policías
y narcos. Pero esta vez con
un policía de verdad.

Y se marcha. Rico mira al equipo. Gina está devastada
y se refugia en los hombros de Teresa, su compañera.

INT. CENTRO DE CONVENCIONES DE MIAMI BEACH /
EXHIBITORS AREA - UN RATO MÁS TARDE

Último día de Art Basel. Clara, sentada en el espacio
de su galería. A su alrededor los visitantes pasan
como fantasmas. Ella está en un trance: oye en su
cabeza las voces de las escenas de los últimos días
y reacciona dramáticamente.

JAIME "JIMMY" CROCKETT
(en off)
Sabemos que tú y Chema
tuvieron un romance.

CLARA ROCHETEAU
(en off)
Chema Casares fue un artista
muy talentoso, sensible. De
buen corazón. No se merecía...

JAIME "JIMMY" CROCKETT
(en off)
Sabemos que él lo mató.
O lo mandó a matar.

JUAN LUCAS ROCHETEAU
(en off)
Ellos tenían una extensa
relación estrictamente
profesional. Clara se encuentra
muy impresionada con su
inesperado fallecimiento.

DR. FRIDMAN
(en off)
Pondremos a tu esposo tras
las rejas. Sabemos que
asesinó a Chema y también
que está detrás de una
operación a gran escala para
traficar drogas a Europa.

Plano detalle: Juan Lucas en el vernisagge levanta
su copa a la distancia, felicitándola.

JAIME "JIMMY" CROCKETT
(en off)
Clara, tienes que confiar
en mí. Si quieres dejar a tu
marido, ahora es el momento.

DR. FRIDMAN
(en off)
Me gusta cuando me hablas
en español. Cuando no
eres Rocheteau.

Plano detalle: Clara tomándose la incipiente pancita.

DR. FRIDMAN (CONT'D)
(en off)
Si tú eres la única que tiene
la mejor obra de Chema.
La mejor obra que un ser
humano puede crear: un hijo.

JAIME "JIMMY" CROCKETT
(on off)
Cueste lo que cueste,
te lo prometo, Clara.
Pronto estarás a salvo.

Flashback: abrazo cálido de Clara y Jimmy. Sus rostros a una distancia demasiado íntima.

CLARA ROCHETEAU
(para sí misma)
...más que un hombre
dispuesto a morir, mi corazón
late por uno dispuesto a
matar. A matar por mí.

Everybody's in Show Biz

Lo que siguió al "let's fucking do it" fue otro pitch. Citaron a Sammy a una reunión en una inmensa sala de conferencias del estudio donde nos aguardaba la plana mayor de *Telemundo*.

Ya se habían acostumbrado a que yo conformara su entourage. Esta vez, seguimos un guion estricto. Habían convocado a Sammy para tratar su siguiente proyecto. El suceso de la telenovela los impulsaba a "aprovechar el momentum". Luego de una corta introducción, le acercaron un guion del piloto de algo que nunca leyó. Se puso de pie, metió ambas manos en los bolsillos, se quedó mirando el title page por un largo e incómodo tiempo. Y luego, en una especie de declaración de principios que solo entendíamos nosotros, empujó el guion al suelo. Queríamos el escritorio vacío, como el de Martin Castillo. Sammy caminó lentamente hacia una ventana donde se colaba la luz de la hora mágica de Hialeah que recortaba su silueta. Y con una seña sutil me dio el pie para que hiciera la presentación de mi vida.

—Señores: hace treinta años, *Miami Vice* reinventó esta ciudad. Es hora de que lo vuelva a hacer. Pero ahora, a través del gran producto de exportación del Sur de la Florida: la telenovela.

Fue una ponencia corta. Straight to the point. La mayoría de las caras reflejaban éxtasis. Las pocas resistencias que percibí se esfumaron cuando mencioné que teníamos attached to the project al mismísimo Michael Mann, que estrenaría la película al año siguiente, que sería una estupidez no "aprovechar el momentum".

Esa noche en la cueva, Sammy pomposamente sirvió *Del*

Maguey y yo sugerí el delicado maridaje con una píldora de *Viagra*.

—Güey, es un mezcal de productores zapotecas a partir del madrecuishe —decía saboreando ruidosamente mientras leía la etiqueta—, que solo crece en Oaxaca a más de 700 metros sobre el nivel del mar. No manches. No me digas que no es perfecto para ganar en altura.

A continuación de su epifanía mezcalera, Sammy narró el épico pitch que nos llevó al éxito. Me subí a su relato, recordamos detalles, reconstruimos diálogos, nos reímos de las caras deformadas por la irrupción de lo inesperado. Wilma nos bajó el zipper, liberó nuestras azuladas vergas y empezó a pajearnos con dulzura y simetría. Bebimos largamente de sus cuarenta mil senos y cuando terminamos la historia, sin perder el ritmo, nos rogó que le contáramos la epopeya una vez más.

Too Much, Too Late

Habíamos negociado que nuestros nombres aparecieran junto al de Michael Mann como productores ejecutivos tan pronto el final del episodio tuviera lugar y la imagen se congelara, como un homenaje a aquellos finales de la serie original, tristes e injustos pero que le daban un halo de realismo. Yo cobraba buen dinero como consultor. Mismo status con el que contaba Edward James Olmos, luego de una breve reunión donde sugerimos que podía ser una buena herramienta de prensa en el mercado hispano. Don Johnson y Phillip Michael Tomas se habían comprometido a participar con pequeños cameos después de haber recibido un llamado personal de Michael que, para ser honestos, no se metía

mucho en el proyecto pero nos apoyaba a ciegas. Se divertía
con las noticias de todo lo que la preproducción de una
telenovela implicaba. Lo llamábamos "Miguel" e insistíamos
con que escondía algún tipo de ADN latino. Porque su nivel
de improvisación y cambios sobre la marcha no tenía mucho
que ver con los estándares gringos de producción. Elegimos la
banda sonora. Melvin recibía llamados de actrices de mucho
prestigio postulándose para los papeles principales. Reapareció
Tania, la modelo que le hizo Cardiopulmonary Resuscitation
a la carrera de Sammy en el promo de *MTV* "Adiós garage". Y
él le consiguió un pequeño rol como agradecimiento a una de
las responsables de su renacer actoral.

Me había pasado los últimos dos años fantaseando con
una renuncia indeclinable a *MTV* donde mandaba a todos a
la mierda. Sin altura pero con una declaración de principios
que aportara un microrrelato legendario a mi línea de tiempo.
Pero a la hora de decir adiós, me despedí con un mail de

perfil corporate bitch que no me provocó mayores conflictos. Hacía referencia a ese primer meeting con programación donde no entendí nada, mis desventuras con el ASAP y el FYI y algunos highlights que ya olvidé. La única venganza que me permití consistió en que esa despedida que llegaba a las bandejas de entrada de toda la compañía solo contaba con una versión en español.

Para principios del 2006, había escrito dos largometrajes y un libro de cuentos. Había publicado "Los tigres transparentes" en España, una recopilación de los mejores relatos infantiles improvisados para Martin y "reescritos" oralmente noche a noche. Tenía sentido: después de todo así mejoran sus rutinas de stand up los que saben. Los Jerry Seinfeld.

Sammy y yo íbamos juntos a todos lados. Wilma se nos unía para el cine, los eventos sociales y algunos profesionales. Ella me había convertido además en su amigo con beneficios, carnales y químicos.

A fines de febrero, Sammy viajó a México para promover

Miami Vice, la telenovela. Planeaba aprovechar la estadía y retomar el postergado viaje a Matatlán, un road trip con su padre para visitar un palenque abandonado y conversar de una buena vez por todas con el maestro mezcalero. Estaba convencido de que el mezcal sería lo próximo y había registrado para ello su propia marca: *Oaxaca Vice*.

A unas pocas semanas del comienzo de las grabaciones, contábamos ya con los guiones aprobados de quince episodios. El gran problema consistía en que no lográbamos dar con el actor que representara el papel de Isadore Francisco "Izzy" Moreno. Para ser sincero, se trataba de un problema mayor solo en mi cabeza y en la de Sammy.

Durante una de esas noches de insomnio, di con una extensa biografía de Jorge Francisco Isidoro Luis Borges Acevedo. Noté la intersección en Francisco—Isidoro. Sentí que ese universo paralelo me daba una señal. Que debía jugar con la historia de *Miami Vice* como había hecho con la de *Tlön*. Allí se me ocurrió la idea que lo cambiaría todo: qué pasa si convocamos a Martin

NEUROSIS MIAMI | Gastón Virkel

Ferrero para hacer el papel. Al mismo actor que hace treinta años atrás. Como en el cuento de Borges, cada hombre es dos hombres. ¿Por qué un soplón no puede ser un tipo avejentado? Tenía toda la lógica del mundo que el informante supiera más por viejo que por diablo. Los productores de *Telemundo* se oponían. Confrontamos el tamaño de nuestras vergas hasta que apelé a un último recurso de alargamiento peneano: cuando involucrábamos a Michel Mann, su palabra cerraba las discusiones. Y Michael solía apoyarnos sin preguntar demasiado.

Contacté a Martin ahí mismo y concerté una prueba de cámara dos días después. Se despachó con una master class que obligó a los detractortes de la idea a disculparse. ¿Qué más podía pedir? Todo me salía bien. Mi autoestima rozaba el nivel Don Johnson y eso me impulsó a jugarme la partida más difícil, mi cuenta pendiente: la de la imitación. Boris contra el mundo. Sammy desconocería lo que estaba en juego hasta que ya se hubiera consumado la prueba irrefutable de mis dotes para la duplicación. Para vivir en simulacro.

No le había adelantado nada, quería que fuese una sorpresa absoluta. Nos imaginaba a los tres compartiendo madrugadas de mezcal y charlas infinitas.

Recorrí los inmundos pasillos de *Telemundo* hablando solo como un desquiciado. Apenas me subí al *Cadillac*, ajusté los tres espejos (el retrovisor, el visor y el exterior izquierdo) para el ensayo general. Como si fuera a tres cámaras. Probé la voz, los gestos, aunque no fueran a verse. Como imaginaba que lo hacía Will Ferrell. Cuando estuve listo, marqué el uno en el speed dial de mi *Blackberry*, ansioso por contarle la mejor novedad dentro de todas las grandes novedades que habíamos tenido en esos meses. Pero con un twistególatra.

—Hello, my friend, may may may I speak with Missssster Sammy Aizemberg, please? —dije imitando al Izzy Moreno en la cúspide de su talento—. I heard he, he he's the man and I have a proposal he will be more than excited to hear. Or not, you know. If I-I may... If you allowed me to...

—Woody? Woody Allen?

—Wewe... well, certainly this is awkward b b but thanks, you know. Not every day people...

Se oyó al otro lado un golpe, vidrios que se hicieron añicos y la inconfundible voz de una Tania desencajada, papi, papi, que tú tienes.

—No, ¡no! ¿Sammy? ¡Sammy, soy yo, Boris! ¡Sammy! Sammy, ¿qué pasa?

Siempre me pregunto si el aneurisma le dio tiempo —justo antes de perder los veintiún gramos que, dice Arriaga, dejamos escapar en el último suspiro—, de advertir que lo había matado una broma. Una mala imitación de su mejor amigo. O murió inmerso en el simulacro donde lo había contactado Woody Allen. Me lo pregunto todo el tiempo y sé que nunca obtendré una respuesta.

Lo cierto es que murió en medio de un viaje innecesario. Un nefasto y miserable egotrip.

INT. POLÍGONO DE TIRO/WAREHOUSE LITTLE RIVER — DÍA

Jimmy Crockett practica con su arma reglamentaria. Reemplaza el cartucho y sigue disparando. Suena su Blackberry y se detiene.

Sentado en el piso frente a una pared descascarada, Izzy habla nervioso con Jimmy.

> **IZZY MORENO**
> (susurrando)
> *No tengo mucho tiempo. Se dice que hace unas horas llegó un cargamento de Colombia con destino final Marsella.*

> **JAIME "JIMMY" CROCKETT**
> (furioso)
> *¿Dónde?*

> **IZZY MORENO**
> (susurrando)
> *El barco es el "Aleph". Puerto de Miami, Dock número dos, bandera suiza.*

Jimmy recarga su arma una vez más.

EXT. BRICKELL, DOWNTOWN Y PUERTO DE MIAMI - UN RATO MÁS TARDE

Mientras suena "Andar conmigo" de Julieta Venegas, vemos tomas aéreas de la Ferrari Spider 360 de Jimmy Crockett por el puente de Brickell.

LETRA "ANDAR CONMIGO"
JULIETA VENEGAS
Hay tanto que quiero contarte
Hay tanto que quiero
saber de ti
Ya podemos empezar poco a poco
Cuéntame, qué te trae por aquí

Jimmy conduce alterado por Biscayne a la altura del Bayside. Toma su teléfono y se dispone a hacer un llamado pero se arrepiente.

LETRA "ANDAR CONMIGO"
JULIETA VENEGAS (CONT'D)
No te asustes
de decirme la verdad
Eso nunca puede estar
así tan mal
Yo también tengo
secretos para darte
Y que sepas que
ya no me sirven más

En el Miami Airlines Arena gira en dirección al puerto.

LETRA "ANDAR CONMIGO"
JULIETA VENEGAS (CONT'D)
Hay tantos caminos por andar
Dime si tú quisieras
andar conmigo
Cuéntame si quisieras
andar conmigo
Dime si tú quisieras
andar conmigo

Plano detalle: flashback a Jimmy y Clara, muy cerca.

> **LETRA "ANDAR CONMIGO"**
> **JULIETA VENEGAS (CONT'D)**
> *Estoy ansiosa por soltarlo todo*
> *Desde el principio*
> *hasta llegar al día de hoy*
> *Una historia tengo en mí*
> *para entregarte*
> *Una historia todavía sin final*

La Ferrari acelera frente a las interminables pilas de containers. Estaciona.

I/E. PUERTO MIAMI / BOTE DE JIMMY / MANSIÓN ROCHETEAU - A CONTINUACIÓN

Continúa "Andar Conmigo" de Julieta Venegas.

Plano detalle: Jimmy carga su pistola semiautomática 9mm, quita el seguro.

Jimmy baja del automóvil y guarda su arma en la cartuchera bajo su axila.

> **LETRA "ANDAR CONMIGO"**
> **JULIETA VENEGAS (CONT'D)**
> *Podríamos decirnos*
> *cualquier cosa*
> *Incluso darnos para siempre*
> *un siempre no*

En su casa, los Rocheteau celebran el fin del Art Week con un evento. La crème de la crème de los artistas y coleccionistas de Art Basel. Juan Lucas susurra algo al oído de Clara que sonríe.

LETRA "ANDAR CONMIGO"
JULIETA VENEGAS (CONT'D)
Pero ahora frente a frente,
aquí sentados
Festejemos que la vida
nos cruzó

Carlos Rico Tubbs camina por el muelle, llega al bote de Jimmy. Parece no haber nadie. Mira hacia todos lados, buscando a su compañero. Todo está tranquilo, en silencio, desierto.

LETRA "ANDAR CONMIGO"
JULIETA VENEGAS (CONT'D)
Hay tantos caminos por andar
Dime si tú quisieras
andar conmigo

Clara conversa con un coleccionista (maduro, refinado, muy bien vestido) que se muestra hechizado por la gracia y el discurso de la mujer. A su lado, Juan Lucas la mira enamorado y sonríe orgulloso.

LETRA "ANDAR CONMIGO"
JULIETA VENEGAS (CONT'D)
Cuéntame si quisieras
andar conmigo
Dime si tú quisieras
andar conmigo

En el puerto, Jimmy trepa un alambrado. Cuando cae del lado opuesto, empuña su 9mm y avanza sigiloso.

LETRA "ANDAR CONMIGO"
JULIETA VENEGAS (CONT'D)
Cuéntame si quisieras
andar conmigo
Estoy ansiosa por soltarlo todo
Desde el principio hasta
llegar al día de hoy

Juan Lucas mira su celular impaciente. Clara, en otro espacio del amplio living, lo nota.

LETRA "ANDAR CONMIGO"
JULIETA VENEGAS (CONT'D)
Una historia tengo en mí
para entregarte
Una historia todavía sin final
Podríamos decirnos
cualquier cosa
Incluso darnos para siempre
un siempre no

Rico presiona una tecla en su Blackberry. No le responden.

El Blackberry de Jimmy vibra en la guantera de la Ferrari. Un agente de elite, armado con ametralladora semiautomática, descubre el device y asiente para su compañero quien, usando un pequeño dispositivo en su hombro comunica el hallazgo.

En otro sector del puerto, el jefe de este operativo comando da un ok a su equipo y comienza a hacer indicaciones. Se despliega un accionar descomunal: comandos con armas semiautomáticas, francotiradores, todos escondidos.

```
LETRA "ANDAR CONMIGO"
JULIETA VENEGAS (CONT'D)
```
Pero ahora frente a frente,
aquí sentados
Festejemos que la vida
nos cruzó

Rico se sienta en el bote, se lleva las manos a la cabeza, agobiado.

Jimmy avanza entre dos containers.

```
LETRA "ANDAR CONMIGO"
JULIETA VENEGAS (CONT'D)
```
Hay tantos caminos por andar
Dime si tú quisieras
andar conmigo

El militar a cargo hace un llamado de teléfono y comunica —acompañado con una simple seña— que la operación está en marcha.

El agente federal Kovash termina la comunicación satisfecho. Respira hondo y presiona una tecla de su Blackberry.

Plano detalle: vista imponente de la casa Blanca en Washington D.C. Jeff Hallow, —el encumbrado político con peinado exótico que hablaba por televisión justo antes de que mataran al Dr. Fridman—, recibe la noticia con una pequeña y maligna sonrisa.

          LETRA "ANDAR CONMIGO"
          JULIETA VENEGAS (CONT'D)
          Cuéntame si quisieras
          andar conmigo
          Dime si tú quisieras
          andar conmigo
          Cuéntame si quisieras
          andar conmigo

Se detiene el soundtrack de Julieta Venegas.

Plano detalle: flashback del monólogo de Clara

          CLARA ROCHETEAU (CONT'D)
          (en off para sí misma)
          ...más que un hombre
          dispuesto a morir, mi
          corazón late con uno dispuesto
          a matar. A matar por mí.

Reinicia el Soundtrack.

          LETRA "ANDAR CONMIGO"
          JULIETA VENEGAS (CONT'D)
          Cuéntame si quisieras
          andar conmigo

Jimmy Crockett, en cuclillas, espalda recostada sobre uno de los containers, dedo en el gatillo de su 9mm y respira hondo. Es el preludio de la batalla.

Rico, aún en el bote de Sonny, mira su Blackberry como implorando que llame su compañero.

LETRA "ANDAR CONMIGO"
JULIETA VENEGAS (CONT'D)
Dime si tú quisieras
andar conmigo
Cuéntame si quisieras
andar conmigo

Izzy Moreno se encuentra atado y ensangrentado en la bodega. El agente federal que acompañaba a Kovash, lo patea en las costillas.

El encumbrado político de la Casa Blanca se asegura de estar solo, marca un número en su Blackberry y, en un gesto muy similar a los anteriores de la cadena, comunica que la operación está en marcha.

En su mansión de Key Biscayne, quien recibió la llamada fue el mismo Juan Lucas que cuelga y sonríe sutil pero diabólico.

Clara, oculta a cierta distancia, ve toda la escena. En cuclillas, recostada la espalda contra la pared, respira hondo, casi como practicando para el parto.

Jimmy, en la misma posición, revisa el cargador de su nueve milímetros y respira igual de hondo que Clara. Luego sale corriendo. La imagen se congela.

LETRA "ANDAR CONMIGO"
JULIETA VENEGAS (CONT'D)
Cuéntame si quisieras
andar conmigo
Dime si tú quisieras
andar conmigo
Cuéntame si quisieras
andar conmigo

Gráfica: PRODUCTOR EJECUTIVO / MICHAEL MANN
Gráfica: PRODUCTOR EJECUTIVO / SAMMY AIZEMBERG
Gráfica: PRODUCTOR EJECUTIVO / BORIS FINKELSTEIN

LETRA "ANDAR CONMIGO"
JULIETA VENEGAS (CONT'D)
Cuéntame si quisieras
andar conmigo
Dime si tú quisieras
andar conmigo
Cuéntame si quisieras
andar conmigo

CRÉDITOS DE CIERRE / MIAMI VICE, LA <u>TELENOVELA /
EPISODIO PILOTO: 1 DE 80</u>

Brother's Keeper

Entre las pertenencias de Sammy en el momento de su muerte, hallaron dos blisters vacíos de *Tylenol*, y uno de *Viagra* junto a un mezcal rasposo y barato: ese que siempre se conseguía en cualquier lado. Un So-Not-Sammy que me remarcó otra vez las ácidas costuras de este guion: una variedad del agave espadín de marca *Gusano rojo*.

En junio de 2006, Martin y yo mirábamos los octavos de final del mundial de Alemania. Maxi Rodríguez clavó un gol imposible con el que Argentina eliminó a México. No lo festejé, le iba al futbol del tri. Martin apretó los puños, dijo "yo sabía". Y me hizo mierda. Porque no pronunció "io" sino "sho", a la argentina. Y porque no tenía la playera de Rafa, sino la camiseta 19 de Lionel. Un pibito de casi veinte que había llegado seis años antes a Barcelona porque en su país no accedieron a pagar el tratamiento con hormonas de crecimiento que necesitaba. La primera vez que lo vieron jugar en el Barça, sin perder tiempo, le firmaron un contrato en una servilleta. ¿Será que lo que realmente vale la pena se decide sobre ínfimos retazos de papel? ¿Como sucedió con Messi, Godard y *Miami Vice*?

Apagué la tele y nos fuimos a su habitación a leer un cuento. Ya no tenía muchos juguetes ni ropa esparcida. El lugar estaba desprovisto, limpio como el escritorio del teniente Castillo. En mi bolsillo tintinearon las llaves del *Cadillac* DeVille y pensé en Aira. Ya no me consideraba un idiota al que no le sucedía nada relevante en la vida. Me había convertido en un monstruo que se metió undercover en un speculative script de una vida destinada a su mejor amigo.

Wilma leyó el manuscrito. Hace dos días que no habla. Cuarenta mil senos que regresan a otra liga. La observo desde la ventana regar la enamorada del muro en un jardín donde nuestros senderos se bifurcan. Sé que es un final de mierda, escrito en un papel mojado. Uno triste, injusto como el gol de Maxi Rodríguez. Un círculo imperfecto. Un glitch. Un reflejo abominable. Una mala imitación de aquellos de *División Miami* que tanto me cautivaban, cuando la imagen se congelaba en el climax de la angustia, y sobreimprimían

Executive Producer

Michael Mann

Miami, enero de 2021